Shiyun
Jiuhua

诗韵九华

熊洪印 ◎ 著

时代出版传媒股份有限公司
安徽文艺出版社

熊洪印，退休教师，中共党员。系中华诗词学会会员，中国楹联学会会员，安徽省诗词学会理事，安徽省诗词协会理事，安徽省书法家协会会员，池州市杏花村诗社副秘书长，池州市屈原学会理事，九华山佛教文化研究会研究员，青阳县诗词学会常务副会长。诗、词、联作品发表于《中华诗词》《中国楹联报》《安徽日报》《池州日报》等刊物。诗、词、联、文收录于《当代楹联家大观》《中华六十年诗人大典》《中国古今词人选集》《中国当代诗人词家代表作大观》《中国对联作品集》《首届中国百诗百联大赛作品集》《八都风韵》等作品集。曾与他人合著《九华红叶》。

Shiyun Jiuhua

诗韵九华

熊洪印 ◎ 著

李文桢 题

时代出版传媒股份有限公司
安徽文艺出版社

图书在版编目（CIP）数据

诗韵九华/熊洪印著.—合肥：安徽文艺出版社,2024.5
ISBN 978-7-5396-7905-1

Ⅰ.①诗… Ⅱ.①熊… Ⅲ.①诗词－作品集－中国－当代②对联－作品集－中国－当代 Ⅳ.①I217.2

中国国家版本馆 CIP 数据核字(2023)第 257669 号

出 版 人：姚 巍
责任编辑：宋潇婧　　　　　　　　装帧设计：张诚鑫

出版发行：安徽文艺出版社　www.awpub.com
地　　址：合肥市翡翠路 1118 号　邮政编码：230071
营 销 部：(0551)63533889
印　　制：安徽新华印刷股份有限公司　(0551)65859551

开本：880×1230　1/32　印张：8.875　字数：145 千字
版次：2024 年 5 月第 1 版
印次：2024 年 5 月第 1 次印刷
定价：68.00 元

（如发现印装质量问题，影响阅读，请与出版社联系调换）

版权所有，侵权必究

鹤唳九华承ం
妙分二气ん凡

松涛鸣不息飞瀑竹洒凌云壁院皂此境莫辜负僧一宿好生二气家精华

九華山诗印诗意书

大美春阳盎秀地

时与翰墨涤尘工

翰墨歌盛世

丹青颂家邦

庆祝新中国成立七十周年书画展

法祖书

长啸一声卯出征，高歌一曲慨而慷，民生遂尔神速起，好去真擒瘟疫魔，奔袭鸣号丹心图报国，奔赴洞湄江堤狗恸交盈，山河北肩负起高等陞堂

礼赞抗疫一线党员 庚子仲春 熊洁印 诗书

拂曉玉磬近寺飛嵐峰樓龍
空鵿翻千頃色海隱波漾李
勤孔家莽九蓬

芙蓉湖 熊洪印詩並書

沁园春　九华山

放眼长江岸边东南地灵慈航东渡波无涯山光似黛东崖岳莲峰擎昔多蕴故居琴声绕唱千古此禅佛道场秋日禅和游笔未尽兴吉祥淦光越南轩罗鸯婉车轼堂境风光空寂冥吸日挹人往瓦阎阇竹海翠岭寂寥鸟石松鸠居林泉流猿猴猩惺鸟鸟叮为引入缘北之高大佛金碧辉煌

辛丑丁酉孟月临池沉溺楷来书

忽见梅枝舞雪飞面颊色俱欣悦芳菲油堪鱼跃於渊蛙偃连蟹新鸣咔应急人声鼎沸腾颊吟神驰日暖冬春晖

浣溪沙 春

己亥夏月熊洪印英书

序一

钱 征

九华山天开神奇，清丽脱俗，是大自然造化的精品。它位于安徽省池州市青阳县境内，既是世界地质公园，也是以佛教文化和自然与人文胜景为特色的山岳型国家级风景名胜区。它是中国佛教四大名山之一，素有"莲花佛国"之美誉。

战国时，伟大的爱国诗人屈原曾谪居九华山山南之陵阳长达九年。汉元封二年（前109）置陵阳县，县令窦伯玉信奉黄老之学，主张无为而治，时九华山被称为陵阳山。晋人葛洪曾来山在真人峰修道炼丹，时称此处为道教第三十九福地，称陵阳山为九子山。唐天宝年间，大诗人李白游九子山，见山如九朵莲花盛开，以"妙有分二气，灵山开九华"诗句，改九子山为九华山。继有新罗僧人金乔觉卓锡九华山，在此修行佛教，九华山始为佛教道场。

自战国时始，九华山即为儒、道、释三教名流所景仰。以"九十九峰，峰峰皆似莲花"扬名海内外，复以"水秀石奇，瀑高潭深"誉于游人；寺宇掩映于松篁，庵堂隐约于悬谷；石道凌空峭壁，曲径通幽，莺歌燕舞，钟磬悠扬。游览者、搜奇者、探寻者、脱世栖隐者纷至沓来，络绎不绝。骚人雅士、海客名流、达官显贵，亦接踵而来。众人目之所触，怀之所蓄，兴之所至，必有所发。其人所作或歌或诗，或词或赋，代有佳作，令人叹为观止。

我与熊洪印相识于2012年组建"池州市屈原学会"之际。他擅长古体诗词，其诗词常发表于省内外刊物。《诗韵九华》的出版堪为他人生中一大喜事，也是千载诗人地——池州诗坛的一大喜事。人们常说，一滴水也可以折射太阳的光辉。姑且不论其诗词格律韵味和诗情诗意如何，我不能不被其笔耕不息所感动，不能不为之感到骄傲，慨然赞叹。

《诗韵九华》收录作者的诗词楹联500余首（幅），以九华山灵山秀水的神奇风光为主线，勾勒出一幅幅绚丽多彩的画面，给九华山增添光彩，且有大量的诗篇讴歌新中国、新时代、新池州的美丽景象。从文化自信的视野，可以认为诗的魅力以其独有的方式走进寻常百姓家，影响着我们的生活，丰富着我们的生活，进而提升我们的精神生活质量和品位。

是为序。

序二：以诗歌与九华山交流
——熊洪印先生诗词欣赏
马光水

乳汁一般温润的江南孕育着秀丽的九华山。元诗人萨都剌《过五溪》写得好："相逢桥上无非客，行尽江南都是诗。"在这里生活、成长，是我们的幸运；在这里读诗、写诗，是我们的福气。

令人欣喜的是，九华山文化现象犹如江南的绿，恣意蔓延。古代人围绕九华山创作的文学作品不计其数，先秦有屈原，唐有李白、刘禹锡、杜牧，宋有杨万里，明有王阳明，等等。现代人围绕九华山描景抒怀的诗文不胜枚举。我们姑且称之为九华山文学现象吧。

有一个人常常临窗而坐，静静地望着九华山，诗，便悠悠地飘然而至，坐在他的对面，与他对语，让他感受到一种深刻的快乐。诗，有时候无法触摸，或是昙花一现，让他产生一种莫名的惆怅。就在这种快乐与惆怅的交替中，三十多年与诗共眠的时光，在指隙间悄悄流逝。他，就是熊洪印先生。皇天不负有心人，今天，熊洪印先生完成了诗集《诗韵九华》，让我们深深地体会到一种对土地的眷恋、对家乡的情感在字里行间流动。

熊洪印先生一生执教，勤勤恳恳，兢兢业业，本分诚实，做事谨慎。他极少饮酒，很难把他与诗联系起来，更不像李白"斗酒诗百篇"。可他执着地用自己的一支秃笔，从生活或回忆的细节里，提取自己的情绪，给看似平淡的风景或生活场景增添一份浓厚真挚的情怀。他生在九华山下，对九华山的人文地理了如指掌。朝看九华，云卷云舒；暮眺长江，潮起潮落。在他的笔下，九华山的每一处景点都成了诗。他自放于山水之间，奇峰异石、怪潭飞瀑、幽泉明池、危岩高台，在他笔下，无不被赋予诗意。他对九华山细致的观察和细腻的感悟、深情的关注和深刻的认识，深深地打动了我。

《诗韵九华》所收录的诗、词和对联是熊洪印先生三十多年创作的总结。他执教多年，无论风雨，无诗不足以乐。其诗中词温而雅，义皎而朗，情深而笃。他凭借对词语的打磨，努力锻造出色彩鲜明、情绪饱满的诗行。每一字、每一句、每一行都是他人性的体验和流露。但他没有那些歇斯底里和空洞的痛苦、欲望、反抗、紧张，有的只是平和、细腻、文雅和冷静的观察。他的诗集，无疑是为九华山这座文学之屋添砖加瓦。

我曾经以为，中国的当代诗潮在20世纪70年代末辉煌诞生，80年代末壮丽终结。可熊洪印先生的执着让我们感动。他远离风云际会、瞬息万变的社会热点，把自己悄然无声地安排在个人自在的语境中。

临江仙

难得虚名涂一纸，凌云酬志涛声，路遥休计仄还平。千秋家国事，唱与九子听。

不难看出，远离繁华热闹、走向孤独是他乐意的选项。当然也有一种怀才不遇的遗憾，只能把千秋家国事唱与九子听。可一个"唱"字，又道出了内心乐观处世、积极向上的姿态。

从诗里，我们还可以听到作者本人留在岁月中清脆欢愉的声音。

西洪夕照

一岭烟云一岭松，华阳夕照透玲珑。

杨冲岚影投林急，古庙钟声入宇空。

绕屋溪流千嶂碧，挂岩霞映半楼红。

书童茶女归来晚，踏月轻歌曲径通。

作者家在九华山下，这首诗何尝不是他本人的生活写照？岚影、钟声、溪流、晚霞、弯弯的小路，构筑了作者生活的记忆。

"月移身影倚岩杖，夕照山岚踩晚涛。"（《天台挑夫》）写挑夫的文章、拍挑夫的照片数不胜数，可反映挑夫这样既艰辛又轻松的一面的却并不多。我不得不佩服作者独到的眼光。

我有一种困惑：如果诗歌仅仅停留在日常生活层面上，显然缺乏深度；如果诗歌一味逃避生活，就像关在笼中的鸟，没有多大的活力。这就需要我们对生活要有诗意的感觉。许多诗人用他们的作品与我们捉迷藏，要我们去体会朦胧的美。也有许多诗人的作品一览无余，让人感觉索然无味。不知是谁说过，一个诗人必定是被时光虚构的人，同时，亦被语言虚构。我想，熊洪印先生在其中总能游刃有余。他的多数诗是写九华的美丽、生活的感悟。既躲避着概念性的侵入，又投入了全部的情感。生活的场景是那么逼真和确切，情感的流溢是他诗歌的主题。

独秀峰
卓然无倚云天外，孤秀凌空苍翠台。
古臼封存多少事，沧桑失忆几重来。

像这样与诗人自身生活、气质、感悟契合的诗作比比皆是。"一高一矮白云间，养性修行不计天。淡定是非心似石，人间永远太平年。"（《禅定石》）除了最后一句让人有浮起来的感觉，整首诗总体上仍然表达出对自身修养的肯定，对尘世认知的淡然。

清隐岩
环绕溪流苍翠苔，云波书院向阳开。
钟情山水风骚客，淡泊人生清隐来。

在这里，我们可以看到作者描绘出的一幅淡泊人生的图景。真所谓"写尽九华都是诗"。

写对联是熊洪印先生的又一拿手绝活。说实话，我更喜欢他的对联。他的对联总是情景交融，高度凝炼的语言又让我们感受到了诗的风范。

"欲上天台摘星斗；直倾龙瀑洗乾坤。"（《龙池》）第一句虽然老套，但不俗，铺垫便达高处。接着"直倾龙瀑"，把这个世界清洗得干干净净，表达了作者的良好愿望。这里无论虚实，都牵引出因果关系。实指龙池乃天台千年喂养的精灵；虚指星星被摘下，化作龙池千万粒水珠。

半山亭
名乎利乎，一路奔波休碌碌；
来者往者，半山清静且停停。

这副对联，就像是一声轻松的问候，那样亲切，那样温馨。无论来者往者，无非为了名和利，马不停蹄，一路奔波，可到了这美丽的九华山，走到了九华山中的半山亭，请你稍事休息，享受一下这里的天高云淡和宁静致远。

坚持写诗，独守一份清寂，成为一名长途跋涉并没有终点的前行者，我该用怎样歆羡的眼光去看熊洪印先生呢？无畏于风霜雪雨，无心于柳暗花明，以诗为伴，此生足矣。

序三：行尽九华皆是诗，风云际会总关情
——读熊洪印先生诗集《诗韵九华》
袁 春

鸿蒙沆茫，造化九华；山岳成型，神奇阆葩。九华山，曾为道教福地，窦子明、赵知微倚山炼丹，遗迹甚多；自唐代新罗僧人金乔觉（696—794）卓锡斯山而令九华山成为地藏菩萨应化道场，佛教兴盛，声名大振，远播海外。一个集自然风光与儒、释、道文化于一山的神奇宝地逐渐形成。修成正果的金地藏早年曾经来大唐留学，汉学修养颇深，卓锡九华时就写了不少脍炙人口的好诗，其诗作被收入《全唐诗》。

九华山，坐落青阳境，隶属池州府，山清水秀，景色怡人，不仅有着壮观的自然景象，更有着丰富的人文景观。山峦重叠，溪流交汇，水碧天蓝，风光旖旎，奇峰怪石千姿百态，神谷仙洞幽深奇妙，云海松涛令人心驰神往。自古即为儒、释、道名贤景仰，今有中外游客流连忘返。无数名人墨客览胜之余，慷慨而歌，击拍吟唱。屈原、李白、刘禹锡、杜牧、王安

石、周必大、苏轼、苏辙、滕子京、岳飞、汤显祖、文天祥、杨万里、萨都剌、王阳明等都曾驻足于此并留下大量咏赞青阳（九华山）的诗章。屈原驻足作《哀郢》，窦子明钓白龙而成仙，诗仙李白"削其旧号"定名九华……青阳本土，亦多诗家名贤唱和。唐代费冠卿征诏不赴，结庐歌吟而传世；杜牧《清明》一首诗，成就池州万古名。宋有诗僧希坦诵经吟诗留清名；陈清隐举士不第而作《九华诗集》，吟诗作赋，立说著书。清代吴悬水善诗文，作百首梅花诗不着一"梅"字，多作惊人之语；周子美诗书画俱佳，任青阳训导，作"宝塔诗"、《九华十景诗》《青阳十景诗》，令人俯首醉心……至于其他诗僧诗家，灿若繁星，不胜枚举，佳作连牍，为后人留下宝贵遗产。多元文化融合，成就了九华山，它不仅仅是山岳名胜、佛国圣地，更是诗的宝库，诗的摇篮。

今读卧松洪印先生诗集《诗韵九华》，始信灵秀山川人更杰，诗家代代出新品。

卧松先生生于九华，长于九华，执业于九华，自幼于茂林修竹之间，吮吸香云草木之芬芳，朝看烟霞出岫，夜听山泉幽鸣，感悟儒、释、道的精妙，倾情探究文辞经义，及至钟爱诗词楹联文章，创作出了擢拔难数的佳作。读之,如饮琼露,如品甘饴。

　　从《诗韵九华》中,我们可以看到,卧松先生是一个胸藏丘壑、笔底透香的诗人。用"行尽九华皆是诗,风云际会总关情"来描述他,一点也不为过。写九华,九十九峰生异境;咏池州,杏花春雨开天景。罗列山河作诗稿,举杯邀月抒真情。诗韵辞章,尽显风骚;抒情言志,平添雅致。

　　九华九十九峰,峰峰入胜,各具其形,各备其名,在烟岚氤氲中透露出儒、释、道文化的精魂。泉流飞瀑、山溪溶洞、松涛云海、岭岩寺庙、湖光奇石、茗香兰韵……卧松先生尽收诗稿,揽括其物,翻新笔调,入景入情,入理入韵;状其形,言其意,诗中有画,画中见情——倍具九华特色。首先我们看到的是畅吟九华的诗,虽然历代诗家所吟甚多,但卧松先生之作无论是绝句还是律诗,抑或长调小令,无不彰显出九华山区域的特色和风韵。笔触之处,眼到心到:"雪影瑶池幽境界"的洞穴,"茅蓬长扫净无苔""远离市井清幽境"的寺院,"高低错落似神仙"的七贤峰,"养性修行不计天"的禅定石,"占尽春光不是花"的烟霞园,"独领江南鱼米乡"的青阳,"铜像齐天九九高"的大愿文化园,"幽兰绽谷锁岚烟"的黄石茶,

"云飞雾散见人家"的闵园,"清香缘自煮山茶"的莲花峰,等等,不乏精品佳作。诗词之余,又以其善于创作的楹联助之,为九华美景创作了大量朗朗上口的楹联,如《青阳风光》长联、《题芙蓉湖联》十副,尽情立意挥毫。天赐美景,地设生机,九华山特有的风韵铺陈于诗人笔底而生辉于读者眼前,给读者意味悠长的审美享受。

  如果说咏景抒情是诗人表达的文人情怀,那么析理言事,则坦露了诗人关爱家国民生的旷达心胸。这部分诗词作品源于诗人对生活的热爱,对时事的关心,正所谓心系中华强盛,情系国计民生。国家重大事件发生之时抑或喜庆之日,诗人总是凝神注目,歌以咏之。国庆节日,党建大事,神舟飞天,工业发展,农村变化,乃至于教书育人,等等,均倾情关注,欣然命笔,向读者传递时代正能量。如:党的十八大、十九大、二十大召开之际,诗人兴奋有加,或填《沁园春》《满江红》长调词牌,或吟诗七绝、七律,描绘在中国共产党正确领导下祖国七十年来的辉煌业绩,激情盛赞新时期踔厉前行的改革精神,表达对未来美好社会的憧憬;《怀念伟人毛泽东》连吟六首,回顾中国革命之艰、之险、之雄、之伟大,表达诗人无限敬佩的心情和不忘初心的意志。读之，令人振奋不已。

伟大诗人毛泽东曾说过："文以理胜，诗以情胜。""写诗就要写出自己的情操和胸怀，这样才能引起读者的共鸣，才能使人感奋。"方士庶《天慵庵笔记》里曾言："山川草木，造化自然，此实境也。因心造境，以手运心，此虚境也。虚而为实，是在笔墨有无间，——故古人笔墨具此山苍树秀，水活石润，于天地之外，别构一种灵奇。或率意挥洒，亦皆炼金成液，弃滓存精，曲尽蹈虚揖影之妙。"卧松先生诗，努力践行之。在重视格律、合韵合辙、凝炼语言、遣词造句的前提下，更注重意境的渲染，诗意的新颖，力争做到形式与内容的完美统一。这正是《诗韵九华》难能可贵之处。所谓意境，唐人张璪有云："外师造化，中得心源。造化心源相凝，鸢飞鱼跃，虽是为画一道，然诗词曲赋莫不如此，游心所在，平仄拗救，天人一体，论其何哉？"王国维言："何以谓之有意境？曰：写情则沁人心脾，写景则在人耳目，述事则如其口出是也。"又云："词以境界为最上。有境界则自成高格，自有名句。"从《诗韵九华》中，我们可以看出，诗人或作绝句，或作七律、五律，纵横捭阖，蔚然成章；或状摹物象，或抒发胸臆，或歌赞人天,或针砭时弊,诗情浓烈,意境优美;浓墨重彩则跃然纸上,轻描淡写则意趣横生。诗人凭着敏锐的观察力和对事物的感知力,用心看待人间宏大气象,观察身边细微事物,以诗敷陈,表达心声,创作出不少优秀诗篇,锤炼出精妙诗句。《九华春色》"无边云海层林染,多少楼台映日辉"高度概括九华山春景的特色;《观音峰》"婷立悠然姿态美,降魔扬善更从容",弦外之音,震人心魄;七律《贺秋浦诗社成立》"千载牧童惊禹甸,九华烟雨现麒麟",对仗工整,盛赞历史文化的厚重与诗坛人才。《一线天峰》"虬松如伞罩霄烟",《天钟石》"疑落天钟挂壁阶",《莲蓬》"出自污泥不染尘,冰清玉洁味清纯",《乌鱼塘》新农村建设"钓翁披夕照,不肯弃垂钩",《建党一百周年》中"前行砥砺寒流急,改革攻坚暖气豪",楹联《天柱峰》"拔地九莲撑日月,擎天一柱壮乾坤"……诗集中如此诗句联语,如玑如珠,俯拾皆是,不可枚举,读之意味绵长。

值得一提的是,《诗韵九华》贴近时代,贴近生活,畅咏人间春色,讴歌家国盛事的同时,充满对挚友的眷念,对朋友的关爱,对弱者的同情。无论是抒情诗、即事诗、田园诗、咏物诗,都表现出对大自然的崇敬，对人生的自信，表现出一种积极向上的心志和心态，为古典诗词的创作和传承注入了永不褪色的生命力。

新时代需要社会责任，需要正气，要有爱生活、充满正能量的诗人关心人民疾苦，鞭挞阴暗，针砭痼疾，促人奋进。果如是，诗词则不会无病呻吟、浅尝辄止，不会落入公式化、概念化的俗套，而是富有新意和富于时代特色的好诗佳句。

值此《诗韵九华》付梓之际，拜读诗稿之余，惶惶然班门弄斧，以诗贺之：

洪荒崛立九华山，
印泽鸿谋过重关。
诗步谪仙师二杜，
集成佳句不辞艰。

目　录

序一 ……………………………………… 钱征　001
序二：以诗歌与九华山交流
　　——熊洪印先生诗词欣赏 ………… 马光水　003
序三：行尽九华皆是诗，风云际会总关情
　　——读熊洪印先生诗集《诗韵九华》…… 袁春　009

第一卷　绝句

九华山 ……………………………………………… 003
九华春色 …………………………………………… 003
十王峰 ……………………………………………… 004
天台峰 ……………………………………………… 005
观音峰 ……………………………………………… 005
插霄峰 ……………………………………………… 005
日照峰 ……………………………………………… 006
独秀峰 ……………………………………………… 006

001

仙人峰 …………………………………… 006

一线天峰 ………………………………… 007

老人峰 …………………………………… 007

钵盂峰 …………………………………… 007

葫芦峰 …………………………………… 008

云峰 ……………………………………… 008

七贤峰 …………………………………… 008

会仙峰 …………………………………… 009

华严岭 …………………………………… 009

黄石云峰 ………………………………… 009

舒姑岭 …………………………………… 010

凤凰岭 …………………………………… 010

九子岩岭 ………………………………… 010

龙溪 ……………………………………… 011

澜溪 ……………………………………… 011

舒溪 ……………………………………… 011

五溪 ……………………………………… 012

观音洞 …………………………………… 012

神仙洞 …………………………………… 012

道僧洞 …………………………………… 013

燕子洞 …………………………………… 013

藏经洞 …………………………………… 013

磨盘石 …………………………………… 014

天钟石	014
禅定石	014
弯腰石	015
醉翁石	015
美女石	015
剑石	016
老鹰爬壁	016
地藏面壁	016
莲台岭	017
苏姑岭	017
中天岭	017
西洪岭	018
翠峰岩	018
碧桃岩	018
清隐岩	019
观瀑台	019
玉屏台	019
甘露寺	020
祇园寺	020
上禅堂	020
南台寺	021
西来禅寺	021
无相寺	021

回香阁	022
香山茅蓬	022
长生庵	023
松树庵	023
百岁宫	023
钟亭	024
天台索道	024
拜经台观日出	024
九子岩索道	025
龟兔石遐想	025
东崖	025
过五溪	026
望龙池	026
春游九华山	026
花台杜鹃	027
凤凰松	027
迎客松	027
广胜山	028
碧莲池	028
金山红叶	028
莲花台	029
印月潭	029
金蟾望月	029

黄匏城 ………………………………………… 030

烟霞园即兴 …………………………………… 030

闵园拂晓 ……………………………………… 030

闵园秋色 ……………………………………… 031

闵园晨练 ……………………………………… 031

闵园人家 ……………………………………… 031

九华河 ………………………………………… 032

柯村新街 ……………………………………… 032

文昌阁 ………………………………………… 032

花台观景 ……………………………………… 033

神龙谷 ………………………………………… 033

龙泉山庄 ……………………………………… 033

火焰山 ………………………………………… 034

虹架桥 ………………………………………… 034

摺湍瀑布 ……………………………………… 034

平坦寺 ………………………………………… 035

三溪桥 ………………………………………… 035

蓬莱仙洞 ……………………………………… 035

怪潭漂流 ……………………………………… 036

石台慈云禅寺 ………………………………… 036

黄岩瑞岩禅寺 ………………………………… 037

石台牯牛降 …………………………………… 037

芙蓉湖 ………………………………………… 038

平天湖 ………………………………… 038

升金湖 ………………………………… 038

茶溪小镇 ……………………………… 039

莲花小区 ……………………………… 039

烟霞园即兴 …………………………… 039

咏蓉城 ………………………………… 040

蓉城秀色 ……………………………… 040

蓉城人家 ……………………………… 040

芙蓉湖晨韵 …………………………… 041

芙蓉湖 ………………………………… 041

木镇武圣林达 ………………………… 041

木瓜铺 ………………………………… 042

谢家村 ………………………………… 042

三房熊 ………………………………… 043

秀山门 ………………………………… 043

东至赏菊 ……………………………… 044

杜村730山庄观感 …………………… 044

庙前夕阳红公演青阳腔 ……………… 044

前门街 ………………………………… 045

桐芦芦茨村 …………………………… 045

金山红叶 ……………………………… 045

题红叶 ………………………………… 046

佛缘谷漂流 …………………………… 046

九华青茶	047
黄石茶	048
闵公茶	048
莲花峰茶	048
苏姑茶	049
清沟茶	049
小岭山茶	049
茶姑晚归	050
问云	050
春风	050
春雨	051
春潮	051
春	051
秋	052
风	052
云	052
雷	053
虹	053
雪	053
莲蓬	054
荷叶	054
荷塘	054
荷花	055

兰花	055
荷花	056
夏夜偶成	056
谒岳飞庙	056
谒滕子京墓	057
海峡寄语	058
中秋望月	058
庐山行	059
曹远诗集《青春诗韵》首发式	059
题《兰亭序》有感二首	060
中华白海豚见证香港回归	060
观《下海》而感	061
开发区	061
三沙建市有感	061
缅怀伟人毛泽东	062
《讲话》精神七十年	064
天宫一号与神舟八号首接成功	064
精天草茶嵌名诗	065
精天食品红茶新	065
平坦寺清明笔会即兴	066
东至诗会即兴	066
祝杏花村诗社成立五周年	066
甲午清明杏花村开园日	067

杏花村	067
清明怀杜牧	068
杏花村里赛龙舟	068
题杏花村梅洲晓雪景点	069
水中央	070
水一方	070
清明祭神农	071
青阳县屈原学会成立大会即兴	071
屈原放逐陵阳	071
端午忆屈原	072
陵阳追梦	072
钱征纠结楚《招魂》	073
陵阳望乡台吟屈原流放	073
端阳	074
惊悉书友曹卫华辞世	074
重阳登齐山	075
拜访余老有水先生	075
读李文朝将军《水龙吟·九华山》有感	075
赛诗并书法获奖感言	076
重阳游酉华清源山	076
吟虹桥——献给青阳社科联	076

第二卷　律诗

九华山乡 …………………………………… 079

九华秋色 …………………………………… 079

六泉烟柳 …………………………………… 080

六泉流韵 …………………………………… 080

五溪山色 …………………………………… 081

西洪夕照 …………………………………… 081

莲花峰观日出 ……………………………… 082

初冬游闵园 ………………………………… 082

登天台观日出 ……………………………… 083

天台挑夫 …………………………………… 083

乘索道登天台 ……………………………… 084

天台远眺 …………………………………… 084

凤凰松 ……………………………………… 085

迎客松 ……………………………………… 085

登回香阁万佛楼 …………………………… 086

秋日游莲花峰 ……………………………… 086

肉身宝殿 …………………………………… 087

童埠港畅想 ………………………………… 087

九华十景 …………………………………… 088

庙前古镇 …………………………………… 088

题九华民俗	089
莲花峰生态园	089
初冬游莲峰云海	090
青通河赞	090
九子岩览胜	091
秋日游盘台	091
春游翠峰寺	092
江南春	092
重阳池州采风	093
白牙塔瞭望	093
石台风情	094
太平湖即兴	094
蓉城一角	095
青阳历史文物馆	095
陵阳文昌阁观感	096
春游九华	096
青山寺观感	097
二圣九珍农庄采风	097
新河新建村观感	098
八都河	098
曹山怀古	099
圣泉寺	099
刘街虚山观音洞	100

南阳楼台山 ·················· 100

九华大峡谷（神龙谷）·········· 101

新河拾贝 ···················· 101

周家桥 ······················ 102

乌鱼塘 ······················ 102

山居 ························ 103

登齐山眺望 ·················· 103

池阳春晓 ···················· 104

蓉城春郊 ···················· 104

咏庙前 ······················ 105

美丽山乡庙前 ················ 105

秋浦泛舟 ···················· 106

登高望九华 ·················· 106

莲花峰 ······················ 107

廉政诗 ······················ 107

诗词进校园 ·················· 108

黄山情人谷 ·················· 108

石台目连山 ·················· 109

应邀东至年会采风 ············ 110

访乔木珍稀植物园 ············ 110

访乔木金山村 ················ 111

访杜村朝山沐野 ·············· 111

杏花村即兴 ·················· 112

杏花村	112
杏花情	113
辛亥革命百年	113
怀杜甫	114
包公祠	114
观上海世博会	115
敬读社会主义荣辱观感赋	115
九华山风景区成立三十周年	116
读《九华山历代名贤诗文笺注》	116
清明	118
春雨	119
迁居故里	119
三房熊	120
咏月	120
咏雪	121
咏竹	121
咏桃花	122
咏梅	122
咏兰	123
咏菊	123
贺九芙蓉诗词学会成立	124
九芙蓉诗词学会周年感赋	124
贺杏花村诗社成立	125

杏花村诗社周年感怀 …………………… 125
贺秋浦诗社成立 ………………………… 126
《九芙蓉》诗刊十周年感赋 …………… 126
《首届中国百诗百联大赛作品集》喜入编拙作一首 … 127
写在三月三杏花村诗歌朗诵会上 ……… 127
登万福楼写在杏花村诗社三代会上 …… 128
杏花村诗社十周年感赋 ………………… 128
庆建党九十周年 ………………………… 129
纪念抗战胜利六十五周年 ……………… 129
纪念红军长征七十周年 ………………… 130
写在抗战胜利七十周年纪念日 ………… 131
南湖壮举 ………………………………… 132
喜庆十九大 ……………………………… 132
江琼携家人拜年 ………………………… 133
卧松吟江琼祝岁和原玉 ………………… 133
池州长江大桥联想 ……………………… 134
新春诗诵会即兴 ………………………… 134
献给党的保密工作者 …………………… 135
献给建党一百周年 ……………………… 135
为建党一百周年献礼 …………………… 136
党旗颂 …………………………………… 136
贺新年 …………………………………… 137
自嘲 ……………………………………… 137

献给人民教师 ········· 138
贺庙前新农书画社丰收节书画展 ········· 138
贺九芙蓉诗会功能性党支部成立 ········· 139
池州城西小学 ········· 139
贺菊园诗词社二十周年庆典 ········· 140
贺庙前新农书画社十周年庆典 ········· 140

第三卷 词

沁园春·九华山 ········· 143
沁园春·九华山大愿文化园 ········· 143
沁园春·美丽青阳 ········· 144
沁园春·庙前掠影 ········· 145
沁园春·九华中学五十周年校庆 ········· 145
沁园春·同学聚会 ········· 146
沁园春·建党九十周年感怀 ········· 147
沁园春·中国梦 ········· 147
沁园春·祖国 ········· 148
沁园春·喜庆二十大 ········· 149
沁园春·蓉城改造新景象 ········· 149
满江红·缅怀伟人毛泽东 ········· 150
满江红·庆建党九十周年 ········· 151
满江红·颂祖国 ········· 151

满江红·纪念抗战胜利七十周年 …………… 152

满江红·建军九十周年阅兵观感 …………… 152

满江红·屈原 ………………………………… 153

满江红·同学聚会 …………………………… 153

浪淘沙·蓉城春景 …………………………… 154

浪淘沙·青阳春景 …………………………… 154

浪淘沙·秋游芙蓉湖 ………………………… 155

浪淘沙·贺新年 ……………………………… 155

浪淘沙·喜庆十八大 ………………………… 156

鹧鸪天·观龙舟 ……………………………… 156

忆秦娥·芦山地震 …………………………… 157

西江月·读吴尔端《历代名贤诗文笺注》有感 … 157

临江仙·拜读《虹庐吟稿》致尹文汉社长 …… 158

临江仙·品莲花峰茶 ………………………… 158

临江仙·中国梦 ……………………………… 159

临江仙·踏春杏花园 ………………………… 159

踏莎行·喜庆二十大 ………………………… 160

江南好·中国梦 ……………………………… 160

忆江南·青阳好 ……………………………… 161

清平乐·夏荷 ………………………………… 162

浪淘沙·吟怀 ………………………………… 162

渔歌子·三房熊 ……………………………… 163

渔歌子·杨梅桥 ……………………………… 163

丑奴儿·清明诗会 …………………………… 163

鹧鸪天·踏青元四章 …………………………… 164

鹧鸪天·杏花园 …………………………… 164

鹧鸪天·庙前 …………………………… 165

鹧鸪天·六泉口 …………………………… 165

鹧鸪天·农家乐 …………………………… 166

鹧鸪天·咏梅庆二十大 …………………………… 166

蝶恋花·庙前 …………………………… 167

临江仙·九华天池 …………………………… 167

第四卷 联

九华胜境 …………………………… 171

九华风光 …………………………… 171

天台遐思 …………………………… 171

九华胜境门坊 …………………………… 172

灵山秀水九华山 …………………………… 172

题九华山高铁站联 …………………………… 172

题九华 …………………………… 173

九华三宝一绝 …………………………… 173

芙蓉秀色 …………………………… 173

芙蓉峰 …………………………… 174

龙池 …………………………… 174

天台 …………………………………………… 174

六泉口 ………………………………………… 175

太白书堂 ……………………………………… 175

祈佛 …………………………………………… 176

香山茅蓬 ……………………………………… 176

永兴庵 ………………………………………… 176

天台晓日 ……………………………………… 177

桃岩瀑布 ……………………………………… 177

平冈积雪 ……………………………………… 177

天柱峰 ………………………………………… 178

舒潭印月 ……………………………………… 178

莲花云海 ……………………………………… 178

九子泉声 ……………………………………… 179

五溪桃径 ……………………………………… 179

龙池瀑布 ……………………………………… 179

地藏塔 ………………………………………… 180

平坦寺通往莲花峰牌坊 ……………………… 180

五溪山色 ……………………………………… 180

凤凰松 ………………………………………… 181

莲花峰 ………………………………………… 181

莲花峰 ………………………………………… 181

五老峰 ………………………………………… 182

双峰 …………………………………………… 182

狮子峰 …………………………………… 182

翠峰 ……………………………………… 183

枕月峰 …………………………………… 183

老人峰 …………………………………… 183

钵盂峰 …………………………………… 184

罗汉墩 …………………………………… 184

二神峰 …………………………………… 184

美女泉 …………………………………… 185

半山亭 …………………………………… 185

六荷亭 …………………………………… 185

梅亭 ……………………………………… 186

六泉山庄 ………………………………… 186

六泉亭 …………………………………… 186

荷塘烟柳 ………………………………… 187

六泉门坊 ………………………………… 187

闵园茶庄 ………………………………… 187

茶溪小镇 ………………………………… 188

青阳风光 ………………………………… 188

莲峰云海 ………………………………… 189

题仙隐寺 ………………………………… 189

古韵池州 ………………………………… 189

题莲花峰 ………………………………… 190

九华陵园 ………………………………… 190

九华山地藏铜像文化园	191
大愿陵园	191
题芙蓉湖联	192
题百诗百联大赛	194
题池州杏花村诗社	194
两岸一家亲	195
题纪念抗战胜利七十周年	196
题望华校门联	197
题陶侃	197
题陶母	198
题岳飞	199
题金戈铁马	199
九华山乡	200
皖江新春	200
荷塘烟柳	200
华峰熊氏谱联	201
题枞阳陆氏宗祠联三副	201
题杜村刘光复纪念馆暨西馆刘氏宗祠联二副	202
老田吴氏宗祠上梁楹联五副	203
三房村史馆	204
聚仙楼嵌名联	204
自家门楼春联	205
为蓉城镇政府大门创作春联	205

为九华山门票所创作对联 ·················· 205
当涂石桥李氏世德堂 ···················· 206
九华山高铁站 ·························· 206

附录

庙前古镇赋 ···························· 209
三房熊古村落 ·························· 212
庙前好山水　五显励后人 ················ 215
杜村目连戏与青阳腔渊源 ················ 218
莲花云海展新姿 ························ 221
楹联故事三则 ·························· 224
玻璃张村 ······························ 231
试谈近体诗创作的几点体会 ·············· 233

品读《诗韵九华》 ···················· 236
《诗韵九华》跋 ······················ 240
后记 ································ 242

第一卷 绝句

九华山

其一

松涛鸣谷泉飞瀑,竹海凌云壁绽花。
山境曾经谪仙望,妙生二气聚精华。

其二

朵朵白云挂碧空,钟灵毓秀醉仙翁。
泉悬峭壁流神韵,松立丹霞气宇雄。

九华春色

其一

春到九华看翠微,花香扑鼻鸟纷飞。
无边云海层林染,多少楼台映日辉。

其二

杨柳青青碧水流,莺儿翘首弄枝头。
春风扑面迎蜂蝶,放眼山光景色悠。

其三

细雨和风晨炊烟,桃红柳绿百花妍。
龙溪岸畔莺欢跃,田野春光景万千。

其四

岸草茵茵松竹翠,桃花抱蕾吐心红。
衔泥穿柳狂飞燕,雨霁山明出彩虹。

十王峰

十王端坐九华巅,独领风骚亿万年。
竹海松涛千嶂翠,芙蓉竞秀大江边。

天台峰

天台高耸入云端,昂首青龙腾晓天。
捧日亭开霞万道,生花峭壁散金莲。

观音峰

天公造物自成峰,拨雾穿云露面容。
婷立悠然姿态美,降魔扬善世人恭。

插霄峰

巍巍直插碧霄前,俯首龙池瀑布泉。
喜看东崖悬百岁,烟云缥缈醉青莲。

日照峰

照山日出露青莲,翠竹苍松峭壁悬。
眺望蟠龙盘石柱,花台深处百花妍。

独秀峰

卓然无倚云天外,孤秀凌空苍翠台。
古臼封存多少事,沧桑失忆几重来。

仙人峰

一峰屹立九重天,坛古悠悠千百年。
汉说子明垂钓事,曾烹玉石变成仙。

一线天峰

云峡中含一线天，虬松如伞罩霄烟。
抬头只见瞳瞳日，极目长江天地连。

老人峰

欲与天公试比高，端居宛若捧仙桃。
金龟有约赏明月，唤醒大鹏展翅翱。

钵盂峰

悬空若挂九霄天，寨里风光煮笋鲜。
有说葛洪炼丹去，忘留盂钵化成仙。

葫芦峰

美似蛾眉立双峰，时时隐现出霞虹。
莫非乔觉灵丹妙，醉得青莲绝句雄。

云峰

云飘黄石落成峰，十里横排八里冲。
白鹤乘龙天外去，存封道骨几回逢。

七贤峰

高低错落似神仙，昂首挺胸迎九天。
守护灵山修福地，白云烹茗汲清泉。

会仙峰

居安列座几炊烟,梦壁生花眷九天。
聚会青霞清净界,听谈不语善心连。

华严岭

临峰登塔客行熙,仰望天台今古奇。
仙女清池泉竞涌,回香阁上好晨曦。

黄石云峰

陵阳道骨说遗风,十里横排八里冲。
闻得子明乘鹤去,只留黄石在云峰。

舒姑岭

人说姑苏懿德风,岭岚翠盖铸魂忠。
穿云出洞清泉碧,满目青山竟日葱。

凤凰岭

岭头好似一金鸡,面向花台昼夜啼。
展翅欲飞身不动,渴时竹海煮龙溪。

九子岩岭

足下双溪苍翠苔,层岩抱寺对分开。
空空大兴成真果,九子泉声妙语来。

龙溪

泉流飞瀑入龙池,山影悠悠月色怡。
红嘴娃鱼翻逐浪,抱花溅壁更称奇。

澜溪

澜溪直泻下莲峰,染绿清沟遍竹松。
青龙抱石盘流出,华阳溪畔稻香浓。

舒溪

三潭印月隐仙踪,柔水泉源翠盖峰。
卵石翻腾鱼潜跃,飞流垂钓黑虎松。

五溪

芙蓉出岫若瀛洲,溪岸烟霞情景幽。
人立桥头抬眼望,山光水色尽风流。

观音洞

飞来石下洞幽天,悬壁流泉香且甜。
蹊径清闲谁出没?原来看客此流连。

神仙洞

三溪河畔神仙洞,琼阁垂珠玉女宫。
雪影瑶池幽境界,苍天造物傲苍穹。

道僧洞

黄石溪流峭壁泉,吞云吐雾啸岚烟。
普文修炼成正果,留下芳名一洞天。

燕子洞

洞出真身遗古风,呢喃巢筑往来中。
龙池岸畔悬崖望,皓月常升挂碧空。

藏经洞

绝谷悬崖一洞天,喷泉溅壁雪花绵。
藏经篆刻重光日,扬善惩邪道德篇。

磨盘石

飘然一石上莲台,孤影摇摇对峙开。
穿洞扶云盘足坐,神差鬼使竟磨来。

天钟石

花台峰下一悬崖,疑落天钟挂壁阶。
雨打风敲歌岁月,浮云托日寄情怀。

禅定石

一高一矮白云前,养性修行不计天。
淡定是非心似石,人间永远太平年。

弯腰石

龙池观瀑上瑶阶,一石悬空云雾埋。
多少游人从此过,躬身探出乐开怀。

醉翁石

独秀峰西一石斜,清泉直下傍生花。
云催风动嗡嗡叫,情态犹如一醉家。

美女石

柔面慈光髻黛盘,纤腰仕女乐人观。
常怀玉兔寒宫月,汉后唐妃媲美难。

剑石

龙泉点将剑飞台，入石寒锋柄露来。
传有明臣常将遇，妖形随剑落尘埃。

老鹰爬壁

老鹰爬壁拜经台，梦壁生花对烛开。
仙客临尘双足迹，金龟北斗费人猜。

地藏面壁

悠悠岁月不知年，祷告苍生种福田。
面壁人间无讹诈，未空地狱不升天。

莲台岭

莲台岭绽幽兰花,罗汉胸怀大象牙。
头顶犀牛常望月,杜鹃烂漫艳天涯。

苏姑岭

苏姑岭下苏家宕,百万黄金深隐藏。
勠力同心抗战时,山民献宝捐军饷。

中天岭

九华一岭最高来,旭日东升云雾开。
领略风光当绝顶,烟霞常住是天台。

西洪岭

西洪岭上现莲花,碧水霞光亮万家。
平坦清沟多胜迹,风声最爱煮新茶。

翠峰岩

翠峰滴翠醉青莲,折柳曾开六亩田。
投宿心安崇法戒,沙门不二共青天。

碧桃岩

灯花垄里一泉飞,引雾烹茶送客归。
种下瑶林情未了,桃红岩碧报知微。

清隐岩

环绕溪流苍翠苔,云波书院向阳开。
钟情山水风骚客,淡泊人生清隐来。

观瀑台

三面悬崖一景台,飞流百练彩虹开。
白云朵朵浮龙谷,坐爱花香扑面来。

玉屏台

巍巍横断玉屏台,削壁神仙几许开。
抗日豪言铭壮志,青龙背上显英才。

甘露寺

翘首丛林好汉坡,飞檐走角落天河。
乾隆慧眼赐甘露,莫测高深隐士多。

祗园寺

大雄宝殿一经楼,翘角重门倚翠流。
曲径廊深悬照壁,千人锅灶古僧留。

上禅堂

古杏参天映上堂,琼楼玉阁最高昂。
远离市井清幽境,照壁生辉展画廊。

南台寺

平天岗上马腰前,悬崖峭壁一平川。
南台传经修行寺,唐时地藏夜常眠。

西来禅寺

落在半山依九华,西山夕照紫烟霞。
往来过客常停坐,渴品寺僧烹茗茶。

无相寺

其一

涤尽尘埃百鸟鸣,宋唐古寺又春迎。
人非物是虔诚在,生态园林更清明。

其二

一轮明镜挂树梢,山影悠悠溪水娇。
长叹冠卿何不返,谁来把酒共吹箫?

回香阁

朝谒天台回敬香,舒眉竹海似渊洋。
娃鱼井畔逗人笑,塔影峰头明月光。

香山茅蓬

茅蓬长扫净无苔,香树常青庵院栽。
护竹两溪萦寺绕,菊花谢过蜡梅开。

长生庵

神光岭下一庵堂,养性修行供烛香。
山水阶前铺画稿,风云槛外问流光。

松树庵

九子岭头树伴庵,常青松柏映天蓝。
溪流桃径山茶绿,烟袅霞升古木参。

百岁宫

摩天岭上结茅庵,堪摘星辰探上苍。
一卷金刚明血染,百年修得万年长。

钟亭

亭立撞钟来,云深对寺开。
人声知鸟语,一杵落尘埃。

天台索道

玉带飘飘似彩虹,停身未稳已腾空。
悠然仿佛登仙境,一览无余气势雄。

拜经台观日出

松涛竹荡月西斜,爱坐山崖望九华。
叮当几许催人醉,日出晨岚朵朵花。

九子岩索道

挂壁悬崖出彩虹，人身未动已腾空。
松涛足下风云动，仿佛瑶台紫竹宫。

龟兔石遐想

龟前兔后兔思龟，常见游人结伴追。
日久天长龟问兔，何缘我先你迟归。

东崖

日暮东崖看晚霞，化城无处不飞花。
崖前待月探幽境，一缕青烟百姓家。

过五溪

嶂翠桥头岸柳烟,山光排闼过前川。
门坊昂首莲花国,竟日人流向九天。

望龙池

龙池映月醉青莲,翠跌流悬浪碧烟。
壑起毫光千柱雪,风鸣谷响九重天。

春游九华山

春上九华因善缘,松奇石怪瀑飞泉。
凌空人立花台望,影映长江碧翠莲。

花台杜鹃

春风吹绿暖天涯,登上花台忘返家。
日出山岚飘拂去,林间满目杜鹃花。

凤凰松

一松化凤落闵园,风雨悠悠千百年。
曲项青天身展翼,人来客往总流连。

迎客松

躬身探臂不知年,暮送朝迎客万千。
祝福人间无限好,山中月伴乐幽天。

广胜山

昨日重阳上广山,人行车道好登攀。
忽然不见虎松影,印月潭前瀑布潺。

碧莲池

山花烂漫绿葱茏,直下流泉飞彩虹。
粒粒珍珠似筛雨,莲池映日碧苍穹。

金山红叶

金山枫叶艳金山,倾吐真情绿水潺。
生态园中观世界,丹心一片献人间。

莲花台

凌然一石雨花台,紫竹林深人迹猜。
蹊径寻幽多雅趣,身临恍惚到蓬莱。

印月潭

峭壁悬流印月潭,莲花峰影水中含。
依崖别墅凭垂钓,乐在其中披碧岚。

金蟾望月

金蟾化石祝丰年,望月华光不夜天。
愿遂犀牛情侣伴,同心永结护峦烟。

黄匏城

云海莲峰一古城,金戈铁马废墟倾。
如今拓展休闲处,装点江山正向荣。

烟霞园即兴

九子岩前古刹多,双溪拥抱大兴和。
烟霞园里无边景,海纳山川笑弥陀。

闵园拂晓

晓鸡一报众山嘶,谷荡轻烟鸟语迷。
竹海频传钟鼓磬,潺流宛若耳边溪。

闵园秋色

曲径通幽夕照斜,云飞雾散见人家。
林深回荡鸟声脆,满目红枫伴菊花。

闵园晨练

晨练竹林且慢行,人来鸟语不知惊。
花香扑鼻精神爽,举步流泉伴石鸣。

闵园人家

竹海林深挂壁泉,通幽曲径锁岚烟。
人家好客山珍美,煮茗清香回味甜。

九华河

绿树林荫水色清,沿河大道夜通明。
七桥虹驾车驰过,岸畔楼台新意迎。

柯村新街

展望柯村新市容,林荫道上酒旗风。
山光水色莲灯影,曼舞街头起彩虹。

文昌阁

几经风雨几经春,翘首陵阳杨梅村。
影映青山怀抱月,文昌阁写大乾坤。

花台观景

花台拔地展英姿,疑是蓬莱梦里诗。
不尽风光收眼底,壮怀却让白云知。

神龙谷

垂柳九狮烟雨茫,瀑花白石戏鸳鸯。
神龙峡谷仙人洞,风物无边引兴长。

龙泉山庄

虎啸狮鸣天柱峰,峰峦翠迭妙飞龙。
龙泉涌映山庄月,月白风清九子钟。

火焰山

登临一见觅端倪,飞阁流丹武穆题。
对峙莲花东日出,大慈寺立焰崖西。

虹架桥

虹桥伫立说千秋,自乐逍遥赏水流。
古柳参天曾见笑,蹉跎岁月几时休。

撂湍瀑布

人立撂湍观瀑布,双峰泻下彩虹牵。
飞花抱石清凉境,别样风情入梦天。

平坦寺

岭上岚烟露碧莲,泉飞翠谷鸟声绵。
吟诗作画多幽境,山花拥戴品茶仙。

三溪桥

两桥上下镇西东,天堑三溪往返通。
人说妻贤省财力,南阳湾里飞彩虹。

蓬莱仙洞

藏龙栖凤万千年,埋没青山待月圆。
徒显雄姿惊海外,风光入画醉青莲。

怪潭漂流

胜日石台横渡游,怪潭碧水好漂流。
青山影映双合璧,与妻水中共荡舟。

石台慈云禅寺

其一

慈云禅寺圣泉流,流岸飘香五谷收。
暮鼓晨钟歌盛世,世间温暖百花稠。

其二

慈云寺倚慈云洞,洞内奇观洞外扬。
扬善布施清净土,土生灵气现慈光。

黄岩瑞岩禅寺

瑞岩古寺越千年,风雨飘摇沧海烟。
飞瀑滴泉清净界,空门印悟善人缘。

石台牯牛降

其一

峡谷长龙碧瀑流,攀岩栈道鸟声悠。
险情无不随人至,古木参天却解愁。

其二

峭壁飞泉挂树梢,樟檀伟岸梓楠娇。
坡茶谷影蓝天上,山水清幽山水娆。

芙蓉湖

芙蓉湖色带晴烟，一览奇峰列嶂悬。
倒映楼台呈海市，参差云树若荷田。

平天湖

万亩湖光似镜平，轻风细浪泛舟行。
游人觅得水中月，疑却前生未了情。

升金湖

泛棹湖心眼界开，清波碧浪送情怀。
升金湖色浑如画，对话诗仙白鹤来。

茶溪小镇

茶溪小镇古风存,面水背山又一村。
幽径花香芳草绿,游人触目疑桃源。

莲花小区

小小楼台向九华,山明水秀绿荫斜。
燕飞蝶舞吉祥地,应是庙前第一家。

烟霞园即兴

千树芬芳倚径斜,一枝翘首接云霞。
林深幽谷人陶醉,占尽春光不是花。

咏蓉城

芳园燕舞望琼花,楼影逐波岸物华。
扑面春风兴雅致,蓉城好客品莲茶。

蓉城秀色

触目霓虹曼舞翩,松如翠黛柳含烟。
古钱影映穿城道,峰秀莲花接远天。

蓉城人家

绿树芳园蝶恋花,依山伴水逸人家。
春风扑面提壶醉,湖畔流连踏晚霞。

芙蓉湖晨韵

拂晓书声近水天，岚峰楼影白鸥翩。
犹如花海随波漾，舞动红霞绣九莲。

芙蓉湖

丹桂飘香浮绿水，湖光山影荡秋千。
四时燕舞芳菲岸，好似瑶池落九莲。

木镇武圣林达

其一

满山离草放春华，天降林达七彩霞。
影映诱人陶我醉，花中宰相不虚夸。

其二

采风武圣闻林达，坡上闲看芍药花。
香透山间谁不爱？悄声潜来到吾家。

木瓜铺

村前柳影一池清，坐爱青莲入眼明。
风物晴和人绰约，长廊水榭尽聊情。

谢家村

村落封存汉月光，貔貅溪畔倚村旁。
绣花楼上睹风物，记忆陵阳古镇乡。

三房熊

其一

洪武年间始立庄,悠悠古落历沧桑。
民风淳厚人勤俭,美丽乡村步小康。

其二

三房村落七星冈,双士文林荐举郎。
旌表一门多贡士,文风辉映月牙塘。

秀山门

秀山平地起高楼,承载梁唐历史悠。
雕栋画廊悬石刻,珍稀文物亮池州。

东至赏菊

东篱雅韵傲秋霜,独占千年醉墨香。
靖节儒风谁拾得?南山喜见遍金黄。

杜村 730 山庄观感

白云生处有人家,昂首凌波映九华。
一览无余雄壮阔,八都冈上一奇葩。

庙前夕阳红公演青阳腔

雨润龙溪出彩虹,乡音古朴醉春风。
青阳腔剧重光日,桑梓晚晴夕照红。

前门街

莲花峰下一新街,南北东西客自来。
临近九华修福地,庙前山水入胸怀。

桐芦芦茨村

一湾碧水泛浮槎,四面青山宜住家。
个事挂心人此去,他时退隐会龙崖。

金山红叶

昨与文朋郊赏秋,池塘鱼跃鸟声幽。
金山红叶迷人眼,好似山丘火欲流。

题红叶

倩影随风寻梦花，秋颜不改爱春华。
溪声山色清幽境，独守霜天销住家。

佛缘谷漂流

其一

红光村景第一流，峡谷山泉秀色幽。
泛舸飞身随碧浪，花香悦目沁心头。

其二

胜日红光佛谷游，农家款待热情周。
蔬鲜瓜果原生态，花径林深听鸟啾。

其三

凤凰山翠竹轻摇,溪畔黄花分外娇。
一望红光村景美,漂流佛谷更逍遥。

其四

秋风送爽到红光,院落村前花海洋。
美好乡村多美妙,漂流影映鸟飞翔。

九华青茶

其一

长在九华天柱峰,晨吞云雾晚岚风。
山茶十里香幽径,谷雨尖尖雀舌雄。

其二

平生最爱九华青,扑鼻清香口感纯。
出自高山尘不染,一杯胜似碧螺春。

黄石茶

幽兰绽谷锁岚烟,竹海松涛石抱泉。
揉绿炒青峰带雪,开汤扑鼻梦魂牵。

闵公茶

松涛竹荡九霄冈,吐雾吞云舌染霜。
沿袭民坊精细作,开汤品味满堂香。

莲花峰茶

莲花峰上一人家,仗壁汲泉纳月华。
最是清明时雨日,闲凭云海煮新茶。

苏姑茶

难觅苏姑白嫩芽,清香醒目洁无瑕。
只缘生在天台岸,云雾壶中放碧霞。

清沟茶

峰峦叠嶂耸云天,沟谷湍流涌趵泉。
待放兰花纤手采,烹芽品味翠香甜。

小岭山茶

叠嶂蜿蜒小岭山,晴岚翠盖水流潺。
兰香染透新芽嫩,喜得茶姑踏月还。

茶姑晚归

三五成群哼小调,春衫拂过美人腰。
山茶系在胸峰下,一路清香过石桥。

问云

借问云从何处来,凭空降雨洒尘埃。
天公倘若无情意,哪有苍生花木开?

春风

一夜春风听雨声,江涛辉映日光明。
小桥流水村依柳,田野飘香布谷鸣。

春雨

沧海寒流渐远行,春潮拍岸雨方晴。
知时解渴知寓意,润物无声润我情。

春潮

大江南北喜迎春,尘世风云入眼新。
琴瑟和谐谁谱曲,民心向党弄潮人。

春

阶前草木初匀绿,村落桃花渐绽红。
烟雨山川晴乍好,云霞彩练贯长虹。

秋

莲花谢过菊花放,闻得虫鸣怯露寒。
且看流萤心事重,提灯入夜护家山。

风

扶摇直上欠心空,刺骨难逃唾骂声。
梅舞回流轮气候,一朝夜雨自鲜明。

云

悠然自若任风牵,万里晴空退让贤。
积愤胸膛挥泪雨,人间垢净艳阳天。

雷

一声霹雳闪光明,冰破桃红岸柳青。
春色满园关不住,人勤早起踏歌行。

虹

时山时泽落平川,彩练悬空架起天。
短暂人生如若此,沧桑尽美画无边。

雪

三九生寒地冻冰,梅开腊尽闹春耕。
原来跳蚤藏无处,应兆丰年五谷登。

莲蓬

出自污泥不染尘,冰清玉洁味清纯。
不嫉榴色娇红态,愿把心掏席上珍。

荷叶

眼望池塘青淡烟,晓风碧水泛漪涟。
珍珠凝翠风筛雨,一把浓荫度暑天。

荷塘

青莲雨后更端庄,银白嫣红映水塘。
燕过蜻蜓飞蝶舞,身临其境润滋凉。

荷花

风摇弄影满池塘，绿叶中央白玉芳。
六月炎天何惧色，清香冷骨表衷肠。

兰花

其一

几与群芳斗艳柔，涧溪崖谷自风流。
常移培土盆根植，花发迎春喜上楼。

其二

寒光未尽发新枝，待放斗梅犹觉迟。
偏爱山崖香翠谷，簇拥婷立美人姿。

荷花

夜色撩人难入眠,寻凉赏月小亭边。
荷池一阵风筛雨,撒落珍珠叶上圆。

夏夜偶成

仰望星空觅小诗,萤光闪闪引遐思。
声声知了添烦恼,漫步荷风凉碧池。

谒岳飞庙

精忠报国一生功,血溅风波勇亦雄。
还我山河催壮志,名垂青史满江红。

谒滕子京墓

其一

金龟源葬一孤丘,不以己悲真气留。
景仰先贤参访客,岳阳楼记载风流。

其二

荒冢抱珠遗泪痕,不为权贵守清贫。
妄言褒贬公何意,几度京城冷落人。

其三

一世英名滕子京,长眠紫竹祭孤茔。
如能凭借生花笔,描绘青阳锦绣城。

海峡寄语

细雨和风几有声,龙吟两岸入春行。
相迎如故何伤泪,未改乡音祭祖明。

中秋望月

其一

高山秋半楚江歌,两岸花黄气自和。
一曲同心双眼望,何时圆月祭先河?

其二

咫尺天涯又一年,乡风依旧梦魂牵。
通宵不寐中秋夜,隔岸思归盼月圆。

庐山行

其一

初上庐山倍觉亲,松枫潇洒立凡尘。
朝晴暮雨风云幻,参透人间多少春。

其二

庐山不与别山同,贤哲古今多见雄。
掩映楼台如画卷,鄱阳湖畔一奇峰。

曹远诗集《青春诗韵》首发式

青春诗韵蕴情深,陶冶人生喜好吟。
句色不求华丽藻,感怀时事入诗心。

题《兰亭序》有感二首

其一

一帖兰亭万道霓,行云流水泰山齐。
千秋倾倒豪门客,绝妙非凡神笔题。

其二

仰慕兰亭国粹魂,世间罕见几仲昆。
埋名多少追雄杰,夜半灯寒觅墨痕。

中华白海豚见证香港回归

鸦片风云天地昏,江河破碎国惊魂。
迎来香港回归日,见证中华白海豚。

观《下海》而感

下海波澜造世雄，人潮背井过江东。
狂飙席卷天南北，尽染山河万点红。

开发区

风藏云躲是伏天，一寸灰扬一阵烟。
万丈高楼平地起，民工汗水绘山川。

三沙建市有感

其一

郑和七次下西洋，青史名垂交外邦。
立市三沙功在册，攘除盗寇固南疆。

其二

郑和七次下西洋，经地标名南海疆。
立市三沙重拳击，敢教流寇无躲藏。

其三

南海千秋我海疆，岂容他邦乱嚷嚷。
吹沙填海家常事，拳握东风护国防。

缅怀伟人毛泽东

其一

少小寻求马列真，南湖壮举握昆仑。
披荆斩棘风云路，为我中华主义伸。

其二

秋收起义起风雷，井冈工农燎火开。
围剿临危何所惧，长征路上显奇才。

其三

延安窑洞点油灯,联合阵营旗帜擎。
统领千军鏖战急,驱倭灭寇扫横行。

其四

健步登楼上锦台,中华从此笑颜开。
共和新制安邦国,伟业千秋站起来。

其五

国初百业望峥嵘,挥手河山齐共鸣。
歌唱人民新岁月,路无拾遗讲公平。

其六

怀念伟人毛泽东,金瓯永固泰山雄。
中华儿女正圆梦,垂范精神万古松。

《讲话》精神七十年

其一

讲话精神七十年,光辉岁月映山川。
百花齐放春风劲,大块文章民占先。

其二

讲话精神七十年,时代新风谱新篇。
争鸣改革关山应,且看城乡不夜天。

天宫一号与神舟八号首接成功

风驰电掣奔太空,欢声雀跃我称雄。
巧逢神八来相会,彰显中华又一功。

精天草茶嵌名诗

其一

精根深植竹林中,天露滋生百卉丛。
草出南山清净地,茶含技艺问茶工。

其二

精产里山生态地,天然绿叶蕴黄精。
草含珠露根连节,茶具延年益寿名。

精天食品红茶新

精天食品敢求新,研制红茶香味醇。
拓展乡村经济路,大山沟里拾金银。

平坦寺清明笔会即兴

岭上岚烟露碧莲,泉飞翠谷鸟声绵。
吟诗作画多幽境,山花拥戴品茶仙。

东至诗会即兴

百里驱车眨眼光,心飞古国舜时乡。
尧河渡畔高朋坐,吟诵接龙韵味长。

祝杏花村诗社成立五周年

杜牧清明天下讴,杏花诗友聚池州。
五年流韵新潮梦,祝酒放歌春满楼。

甲午清明杏花村开园日

其一

寻芳览胜到池州,触目杏花村境悠。
杜牧祭坛垂后世,清明诗雨尽风流。

其二

翠微亭上逐烟霞,一派空蒙映杏花。
又是清明诗会节,天方待客煮新茶。

杏花村

其一

春风化雨绿江天,杨絮纷飞错落悬。
燕子穿梭鸣布谷,杏花村里尽诗篇。

其二

春到池州看杏花,平天湖影柳烟斜。
公交环绕频输出,尽载游人上九华。

清明怀杜牧

一曲清明怀太守,黄公古井醉千秋。
诗人忽见牧童处,烟雨杏花春满楼。

杏花村里赛龙舟

波光潋滟影琼楼,滴翠齐山百鸟喉。
端午池城新景象,杏花村里赛龙舟。

题杏花村梅洲晓雪景点

观瀑亭

惊涛回望梅洲雪,滚滚江流滔浪频。
夕照飞虹秋浦岸,披霞对弈弄潮人。

梅花三弄

不负韶关万里来,敢追花信弄春台。
恍如初梦怕惊客,翘首梅洲晓雪开。

咏梅

凌霜傲雪向君开,怒放寒流不染埃。
凭借心灵存铁骨,谢花待杏报春来。

水中央

其一

绿苇青莲爱水生,杏红遥影醉诗情。
向谁问柳垂丝带?月夜蛙啼三五声。

其二

不觉因何梦里牵,跟随漾影度尘缘。
一心化作春光聚,映入荷塘万朵莲。

水一方

风摇垂柳绿波长,烟雨楼台着盛装。
可记当年牧童处,吟诗觅酒杏花坊。

清明祭神农

清明诗会祭神农,承载先贤杜牧风。
诗语飞歌新世纪,杏花村里杏花红。

青阳县屈原学会成立大会即兴

灵秀青阳底蕴深,屈原学会耐人寻。
翻开历史曾哀郢,唱响今朝爱国心。

屈原放逐陵阳

诗客依然过九坡,陵阳犹唱楚臣歌。
当年放逐今安在,梦寄关山铸爱河。

端午忆屈原

其一

端午将临思屈原,陵阳天问仰名篇。
千秋骚体千秋诵,喜看神州遍紫烟。

其二

离骚首创拓先河,天问山川怨汨罗。
橘颂人间传美德,龙舟竞唱大江歌。

陵阳追梦

追忆先秦忆屈原,寻幽古国楚江边。
青山牧笛吹残梦,犹听陵阳诗问天。

钱汪纠结楚《招魂》

先生纠结楚招魂，探索屈原报国门。
字句行间皆学问，心存余热壮乾坤。

陵阳望乡台吟屈原流放

其一

陵阳古有望乡台，台在人丁山痛哀。
哀骨忠魂昭日月，月中几梦屈原来。

其二

平原里上望乡台，早于谢家荒古来。
他日莫非台上望，何曾天问供人猜。

其三

不是屈原流放来,何缘遗址望乡台。
千年逸事流传处,凭吊先贤爱国才。

其四

寻踪觅迹莫徘徊,先哲离骚经世开。
流放陵阳亡国恨,千年往事落尘埃。

端阳

高山流水觅知音,端午杏花村里寻。
拾得神奇烟雨景,诚邀小杜对樽吟。

惊悉书友曹卫华辞世

风吹飞雪起悲吟,西岭寒流穿透心。
天妒英才酸楚泪,书家小楷几知音。

重阳登齐山

一望平天玉卷纹,岸花悦目漫清芬。
秋风扶浪遥迢去,水有齐山山有闻。

拜访余老有水先生

曹远梅虹与李芳,一同余老踏春光。
杜村响水潭奇妙,秀眼西河古色香。

读李文朝将军《水龙吟·九华山》有感

幸伴将军上九华,水龙吟韵一奇葩。
平天湖漫清新气,触动诗人怎不夸。

赛诗并书法获奖感言

一望池州别样红，杏花丽日酒旗风。
清明时节赛诗会，歌党为民幸福功。

重阳游酉华清源山

重九登高望酉华，红枫深处有人家。
无边远野风云淡，古寺清源旁菊花。

吟虹桥——献给青阳社科联

芙蓉湖畔好风光，映日荷花分外香。
倒影莲峰千浪碧，虹桥托起美青阳。

第二卷 律诗

九华山乡

山乡夏日景光多,绿野生风逐浪波。
蝶向花前敲玉板,蝉从叶下鼓铜锣。
小桥流水随人意,大道驱车遍地歌。
翠竹林荫环别墅,莲灯闪烁若银河。

九华秋色

风和雨细菊花妍,满目轻烟万壑连。
暮对香飘溪上桂,朝临磬响石中泉。
晴升银月穿松竹,雨送碧波滋稻田。
秋色九华人欲醉,漫山红叶艳阳天。

六泉烟柳

古井甘流名六泉,临亭垂柳袅轻烟。
千丝掩映依桃径,一派空蒙入岭川。
雨过涛鸣帘外月,风来絮舞镜中天。
更宜舒眼凭高望,如鲫车流绕九莲。

六泉流韵

溪水萦纡涌六泉,路桥虹架急潺湲。
峦开碧影莲花灿,日映清波柳色鲜。
月夜酣歌邀鸟语,华亭远眺动诗篇。
漫云观海难为水,泛棹春潮着梦圆。

五溪山色

一堤秋色望无涯，霜满寒林映碧霞。
触处却疑开杏坞，寻来几欲泛仙槎。
袅烟孰染三春景，潆水争如二月花。
几许诗笺题落叶，溪流好句寄谁家？

西洪夕照

一岭烟云一岭松，华阳夕照透玲珑。
杨冲岚影投林急，古庙钟声入宇空。
绕屋溪流千嶂碧，挂岩霞映半楼红。
书童茶女归来晚，踏月轻歌曲径通。

莲花峰观日出

云海轻波泛曙光，凉风习习拂山梁。
悬泉落月惊飞鸟，古洞玄机问上苍。
几杵钟声通野径，一方净土伴茶香。
凌空绽放彤彤日，万丈霞披裹绿装。

初冬游闵园

旖旎风光欲咏之，闵公故里已成诗。
菊黄柏翠青峰嶂，茶白枫红绿水池。
车道通幽行曲径，溪流出谷隐玄机。
流连忘返登高望，竹海松涛慰所思。

登天台观日出

秋风气爽意轩昂,步拾云梯裹彩裳。
昨夜星辰银汉灿,今晨雨露玉兰妆。
钟声畅谷添雅致,鸟语叮当在梦乡。
云海一轮红日出,霞光万道满山梁。

天台挑夫

弓背循阶上九霄,风霜雨雪担肩摇。
月移身影倚岩杖,夕照山岚踩晚涛。
汗过胸襟充渴润,饥来素面歇伸腰。
天台美景无心恋,落叶飞花望庙高。

乘索道登天台

晓日照天台，山花峭壁栽。
祥云拥古寺，绿叶染尘埃。
彩练空中舞，松涛足下来。
飘然缘索道，一览众山开。

天台远眺

人踩云崖上，泉流竹海乡。
松涛鸣翠谷，石径渡山梁。
古刹春风尽，神光异彩扬。
芙蓉初露水，眼底尽芬芳。

凤凰松

步入闵园别洞天,一松化凤数千年。
挺腰昂首舒身屈,曲项青天歌月圆。
古道通幽迎客过,青霞落日送宾眠。
悠悠岁月悄然去,占尽风光傲九莲。

迎客松

盘根缝隙峭岩中,翘首横枝壮碧空。
月夜星光栖古鹤,烟云雾雨著苍穹。
回香阁岸迎宾悦,美女池边映日红。
阅尽沧桑风韵事,从容探臂鞠深躬。

登回香阁万佛楼

诗友同登万佛楼,芙蓉璀璨任君眸。
亭台紫气冲霄汉,古刹金光引电流。
佛国风情新境界,九华山色丽池州。
苍灵翠滴连天碧,放眼长江尽客舟。

秋日游莲花峰

临峰忽见一人家,怀谷扬眉采碧霞。
醉石青莲朝北斗,观音古洞出精华。
枫林好似三春景,峭壁还开二月花。
坐爱风光收眼底,清香缘自煮山茶。

肉身宝殿

高耸九华峰,参天古木浓。
白云藏石室,蹊径隐仙踪。
鼓落悬泉水,钟鸣照影松。
游人多景仰,凭吊看芙蓉。

童埠港畅想

童埠青阳港,大通航道忙。
龙窑古遗址,水影汉时光。
高速枕横竖,青瓷文物藏。
沙滩丛草密,竭望载舟航。

九华十景

五溪山色绣蓉城,九子泉声索道迎。
云海莲花峰峻秀,东崖宴座电光明。
平冈积雪金光道,古寺晚钟香客萦。
天柱仙踪游迹觅,舒潭印月念姑情。
桃岩瀑布山茶绿,晓日天台画里行。

庙前古镇

庙前古镇焕新容,占尽江南灵秀钟。
拥镇莲塘间翠柳,依山佛殿耸青松。
五溪流水波光灿,六孔清泉午夜淙。
放眼茶桑丰盛谷,风光竞秀九芙蓉。

题九华民俗

莫道桃源可避秦，依山伴水出风尘。
三芝石上黄公月，五柳门前陶令春。
屋后霞披兼翠竹，房前垂钓更精神。
烹茶底事谁知属，潇洒堂中世外人。

莲花峰生态园

蓉城郊外踏莲峰，一望园林徽派风。
怪石嶙峋层迭翠，奇峰挺秀更称雄。
泉鸣池唱红枫艳，竹舞松鸣娇态同。
洞谷悬流清雅静，凭栏垂钓趣无穷。

初冬游莲峰云海

莲峰云海踏歌频,峭壁芳园似醉春。
山野风鸣欢鸟悦,荷塘泉涌跃鱼巡。
书堂掩映红林艳,曲径通幽古建陈。
更喜主人尤好客,烹蔬煮茗一家亲。

青通河赞

九子怀泉入楚江,穿岩吐谷孕麻桑。
千年古刹青山立,万斗黄金水道藏。
李白遥吟成雅韵,屈原流放尽衷肠。
欢歌曼舞芙蓉岸,一派生机气宇昂。

九子岩览胜

庵同峻岭寺同峰，幽谷鸣泉荡磬钟。
古树参天荫蔽日，山茶漫野彩飞虹。
七层石塔藏真谛，三月龟塘隐妙空。
菩萨肉身归正果，超然度世令人崇。

秋日游盘台

声名久仰不知年，故友今逢幸有缘。
日霁风和催洒脱，石奇壁异竞盘旋。
绿苇极顶生池泽，漫野红枫护嶂烟。
百丈崖头神女谷，龙潭瀑溅壁珠莲。

春游翠峰寺

青峭芳林绿翠台,峰岚松谷郁崔嵬。
樱兰斗艳泉崖滴,篁竹争雄古寺开。
一柱擎天藏胜迹,三尊大佛见如来。
空门愿做流连客,未许印刚随友回。

江南春

草吐新芽柳吐丝,莺声百啭燕斜姿。
风陪竹影婆娑舞,雨伴松涛摇曳滋。
山水钟情牵绿荡,桃花触目向红移。
凭栏夕照江南岸,促动心潮入画诗。

重阳池州采风

重阳览胜秀山门,秋浦楼台醉客魂。
楼院珠帘垂翡翠,杏泉古井铸乾坤。
平天湖色连天碧,府邸师生颂党恩。
更喜牧童今尚在,千年诗地杏花村。

白牙塔瞭望

擎天一柱自玲珑,见证池州世纪风。
脚踩长江开发带,胸怀秋浦拓时空。
凭窗市井皆新日,入室湖光尽彩虹。
迎面翠微亭屹立,晨曦初露杏花红。

石台风情

山有清泉枝有荫,石台诗友重情深。
天方半盏人先醉,杏酒三杯自断魂。
秋浦渔村风雅作,蓬莱仙洞玉宫吟。
鸳鸯戏水花相映,触目天然一色新。

太平湖即兴

璀璨明珠一叶洲,飞花滴翠掩琼楼。
凭栏阔岸群峰秀,泛棹轻波意境悠。
猴岛深居招俊雅,虹桥驻首渡车舟。
畅游八卦宫回望,湖光水色一览收。

蓉城一角

临山近水傍株骄,溪漾荷塘碧玉霄。
墙外枇杷犹腼腆,阶前兰蕙正妖娆。
莺歌泥燕楼台上,蝶喜蜜蜂丹桂梢。
赏菊爷孙寻雅趣,婆媳联袂种樱桃。

青阳历史文物馆

几净窗明厅璀璨,珍奇文物放光芒。
商周秦汉青铜鼎,唐宋明清釉彩觞。
掌故风情传雅颂,先民工艺铸辉煌。
历朝系列青阳史,灿烂文明彪炳彰。

陵阳文昌阁观感

翘首文昌阁面东,芳菲桃径绿荫笼。
岚烟吹起层台净,风雨飘摇百世崇。
鱼跃龙门堪入梦,鸟飞高阁亦称雄。
骚人伴我流金月,霁日扬眉见彩虹。

春游九华

黄金周假沐阳春,五一寻芳郊外林。
柳影扶疏乘兴意,花香馥郁醉衣襟。
朝霞悦目莺声碎,暮霭临岚燕语吟。
莫道青山无限好,征程回望尽开心。

青山寺观感

古树根深发叶鲜，摇枝碧水荡秋千。
云层入眼低天际，月影生辉照近川。
傩戏根生非遗物，昭明佳话赈粮田。
青山不老山河秀，文化传承续善缘。

二圣九珍农庄采风

难写九华山境秋，农庄叠翠曲溪流。
坡茶竹影金光灿，林木花香果叶稠。
曲径和风人自在，仃亭休憩鸟声悠。
身临不觉桃源境，看客频呼第一流。

新河新建村观感

新河新建一古庄，翘角藤缠石垒墙。
看客远来心自近，寻泉潮汐梦犹长。
车身返转林深处，桃径通幽昔日光。
回望咸鱼门外晒，媪翁扬手露慈祥。

八都河

一弯明镜久经磨，传世指南故事多。
光复秉公肩社稷，钱清徐暴壮山河。
目连救母青阳腔，罗氏镌碑功德歌。
岸柳楼台相互映，长流画卷泛清波。

曹山怀古

好雨惊雷大地昏,曹山洗绿古留痕。
九华联句谪仙笔,三贤仲堪夏侯门。
延寿庵堂一轮月,平台锣鼓几调根。
民歌民俗民风尚,甘贽先行筑杜村。

圣泉寺

进入龙华锦石奇,圣泉古洞出清池。
四六走向烟云散,三五分流宝刹离。
且看陈岩题墨刻,又闻希坦著经诗。
参天松柏辉相映,正挟春风开发时。

刘街虚山观音洞

面向东山日出红,观音石洞显奇雄。
清诗游记垂崖壁,灶盏餐桌遗榻风。
盘石迂回过连洞,寻光仿佛悟多空。
天公造化非凡境,求得安身其乐融。

南阳楼台山

浮云载雾上楼台,葱岭迤逦翠染埃。
风起松涛吟盛世,泉飞崖谷咏崔嵬。
桥头柳岸鸟相悦,蹊径线天鸳亦呆。
袅袅青烟藏不住,神龙峡谷展襟怀。

九华大峡谷（神龙谷）

古镇陵阳秦汉风，神龙幽谷碧苍穹。
聆莺竟日歌幽境，仰竹凌空姿态鸿。
泉落娃鱼崖洞汲，峰回村郭妹潭逢。
藤缠垂柳晴蒙雨，睹物遐思见彩虹。

新河拾贝

乍到新河镇，洪山铁矿悠。
杨梅闻掌故，童埠望江流。
十里冈观景，金龟源谒丘。
溪桥村落近，潮汐放歌喉。

周家桥

古桥村落外,幽静鸟先知。
渴饮周家井,激流浣女姿。
春风花满树,秋日果盈枝。
日出山光美,晚霞邀赋诗。

乌鱼塘

来见残荷举,岸花兴未休。
乌龙千树紫,村郭一塘秋。
山远鸟鸣近,水深鱼畅游。
钓翁披夕照,不肯弃垂钩。

山居

竹翠红枫下,秋风爽自然。
孩童逐戏羽,乡老话尧天。
鸿雁鸣云里,家鸽嬉水边。
楼台升晓日,岁月醉心田。

登齐山眺望

齐峰竞秀郁葱葱,入眼池州世纪风。
烟雨江南修福地,芳菲秋浦拓时空。
虽临市井铺高铁,却倚平湖出彩虹。
更得杏花沽好酒,心潮如水水长东。

池阳春晓

楼影自摇春水输,清溪不厌小桥孤。
堤边烟柳垂丝翠,城上杏花抚叶苏。
江祖沉浮谁识别,平湖潋滟几时无?
闲庭信步令人醉,晓日流金入画图。

蓉城春郊

寻芳郊外喜人家,屋后房前披彩霞。
入眼梅塘鸭戏水,置身庭院杏飞花。
宾迎座上纯醇酿,步过桥头闲品茶。
康乐健身修福地,蓉城无不放春华。

咏庙前

庙前古镇彩飞虹,占尽江南灵秀雄。
远眺莲塘间翠柳,近观街铺浴春风。
龙溪岸引金光灿,越野车流村镇通。
美丽乡村政策好,脱贫致富万家红。

美丽山乡庙前

春风吹绿大江天,桃杏芬芳岸柳烟。
鱼跃犬吠鸭戏水,蛙鸣鼎沸闹耕田。
小楼掩映穿飞燕,亭角潺流歌入弦。
如梦沧桑谁记忆?脱贫致富岁今甜。

秋浦泛舟

秋浦清溪水,平天洞府幽。
钓台垂古迹,江祖载清流。
山色湖光滟,谪仙诗句悠。
杏花村好客,邀我赛龙舟。

登高望九华

飞瀑千寻玉,霞蒸九朵莲。
青松遮古寺,峭壁渺苍烟。
翠谷风声急,山崖石径悬。
天台多妙趣,日出醉心田。

莲花峰

疑是一仙家,飞云生壁花。
秋风落红雨,古洞漾青霞。
曲径通幽境,鸣声伴月斜。
当年希坦处,对语有山崖。

廉政诗

曲谱大江吟,神州紫气深。
风清撑砥柱,德美化春霖。
绿水明如镜,青山贵似金。
石榴红万树,朵朵映民心。

诗词进校园

神州丽日融，步韵校园中。
梅径花初现，桃林蕊正红。
黉宫沉塔影，文苑展诗风。
培栋开基地，翔鹰畅碧空。

黄山情人谷

其一

春光秋色梦魂牵，神谷奇幽别洞天。
杏坞飘香盈碧壑，竹溪倩影落晴川。
瀑生绝壁空蒙雨，岚染遒松翠黛烟。
始信峰峦腾紫气，妙如仙境醉青莲。

其二

靓女含花始信峰,清风送爽觅仙翁。
逐流探险鱼潜洞,观瀑攀崖雁展鸿。
竹海松涛鸣翡翠,彩池桃径落霞虹。
神移不觉忘归去,缘是恋河迷谷中。

石台目连山

春踏目连深秀峦,登高更觉蔚奇观。
岚烟染竹山桃艳,紫气凝松瀑布寒。
戏凤池边蝴蝶谷,情缘树下撂儿湍。
目连救母名天下,孝道弘扬此发端。

应邀东至年会采风

东流暮岁醉云霞，百里风光山水嘉。
纵使冬深涸月色，且看尧渡艳梅花。
县衙老宅诗能钓，双塔陶祠春可赊。
更有徽园留恋处，温馨不觉忘归家。

访乔木珍稀植物园

休嫌地僻大山沟，林道穿通辟旅游。
十里紫薇林翳翳，两边翠黛鸟啾啾。
鱼塘养殖多情趣，红豆流金漫艳秋。
乘兴而来长峡谷，珍稀植物豁明眸。

访乔木金山村

乔木怀抱一山村，丹桂怡人菊守门。
茶绿田柔树下舞，枫红溪净墅旁喧。
金山引水天桥架，村道通途宝马奔。
不觉流连成半晌，民风好客足鸡豚。

访杜村朝山沐野

适逢初夏访朝山，沐野松吟涧水潺。
观瀑溅花鱼跳跃，看崖腾雾蝶飞欢。
村头唢呐民歌舞，户外长廊烟柳滩。
最是开怀傩戏曲，引人入胜不思还。

杏花村即兴

遥望烟村风物收，飞花滴翠掩琼楼。
平天湖色千帆竞，江左水乡百鸟投。
秋浦留吟唐刺史，清溪高卧宋贤侯。
牧童指处今非昔，红杏春深醉客游。

杏花村

放眼杏红桃李鲜，满眸花海泛波涟。
痴心恋意跌花径，扑面撩情注墨田。
楼阁台邻江水岸，杏花村里艳阳天。
清明古韵千秋醉，怎抵香熏滋味甜？

杏花情

池州千载杏花情,杜牧清明诗地生。
遥指牧童吟杏节,常怀沽酒应涛声。
繁华市井平天望,胜日车流秋浦横。
诗客流连频点赞,杏花媚色放歌行。

辛亥革命百年

首义江城烈火熊,先驱殉国立奇功。
共和民主关山颂,博爱箴言天下崇。
骇浪惊涛埋帝制,标新擂鼓抚农工。
百年辛亥精神在,正挟春风唱大同。

怀杜甫

今吟国粹好时光，诗圣赖何磨日长。
笔底朱门嗟肉臭，眼前白骨泣离殇。
走南闯北无居处，挡雨遮风唯草堂。
一代宗师多劫难，凌云博志著华章。

包公祠

祠门良许未趋前，治世休提酒色烟。
水月潺流无远近，风光掩映有山川。
感时待借青龙剑，鉴古何忧赤手拳。
此日欣逢廉政运，妖魔斩尽见青天。

观上海世博会

世博开园国庆前,旌旗招展浦东妍。
银花火树环楼阁,科技英姿梦幻天。
灿灿明珠连宇宙,彤彤斗拱盖群贤。
中华宝物从无有,触目惊魂世纪篇。

敬读社会主义荣辱观感赋

八荣八耻育灵魂,仪礼当先最受尊。
远瞩高瞻谋帷幄,倡廉防腐固基根。
循规蹈矩标杆重,画栋雕梁寄语存。
浴德洁身尘涤垢,精神永载耀乾坤。

九华山风景区成立三十周年

阅尽沧桑风雨天,开放卅载舞翩跹。
镏金塔影青山外,玉宇楼台绿水边。
古道深幽风雅趣,莲灯闪烁古诗篇。
烟霞触目游人醉,佛国生机草木妍。

读《九华山历代名贤诗文笺注》

致吴尔端吟长

惠我诗文情笃钟,名贤笺注似雕龙。
弘扬国粹才人笔,振奋骚坛志士胸。
琢玉敲金垂典范,寻芳觅句论华宗。
先生余热青峰上,九旬年华夕照松。

和刘子荫先生赠诗原玉

博得先生宽臆襟,高山流水点苔痕。
仰沾时雨融庸碌,如坐春风欲断魂。
惊魄青锋磨砺得,调商绿绮耐寒吟。
凌云翔鹤鸣驰马,社会和谐雅苑新。

敬贺刘老子荫先生九十诞辰

九秩诞辰盈祝桃,遐龄犹可领风骚。
几番辗转冷兼热,一贯行吟雅亦陶。
偶拾白云当绝顶,不言名利乐逍遥。
先生挥洒如椽笔,更写南山独占鳌。

悼念钱学森

鸿归故里几经危,两弹一星扬我眉。
揽月横空何所惧?行走戈壁总忘疲。
航天史册从无有,科学征程大作为。
亮节高风成大爱,期颐功满万人悲。

悼念刘子荫恩师

箫声吹落婆娑泪,桥下舟横一望斜。
几梦云边思觅处,许笺笔底寄谁家?
月华偏向旁松石,日影总移倚竹花。
流水高山鸣大海,春晖化着满天霞。

清明

其一

昨日家人拜祖先,鲜花素果供坟前。
拈香叩拜鞠躬敬,酹酒缅怀思梦圆。
父母恩情言不尽,严慈仁德久长延。
千年民俗清明祭,孝道家风世代传。

其二

清明时节草芳茵,秀色陵园敬故人。
爆竹声声悲涕泪,冥钱片片忆宗伦。
拈香叩首承恩泽,标白寻根应古循。
酹酒抚碑收拾去,鲜花一束待兴春。

春雨

且喜寒流渐远行,朝朝夕夕洒浆琼。
知时解渴知人意,润物滋生润地情。
日出山峦云聚散,人行岸畔鸟争鸣。
蛙声催促天方晓,正是村夫赶种耕。

迁居故里

丙申寒舍喜乔迁,庭院繁花四季鲜。
踏雪寻梅逢旧友,携孙嘻语叙新篇。
晨临碑帖身心健,不弃诗文李杜牵。
四十春秋回故里,重温父老忆童年。

三房熊

美丽三房是我家,六百年间风物华。
晨烟柳绿莺啼脆,日暖桃红杏绽葩。
陶醉善渠流古韵,笑谈村史沏新茶。
路旁花木香庭院,新月池塘舞晚霞。

咏月

轮行亘古四时忙,长梦人间放好光。
起落盈亏由我定,沉浮明暗共谁量。
惯临沧海桑田事,岂问炎凉屋角霜。
应谢嫦娥偷妙药,永将黑夜启明堂。

咏雪

漫天飞舞落如银，遍撒山川一路辛。
莫道行程无坎坷，须知深浅有迷津。
寺寒不负烟云客，柏翠缘存铁骨身。
冻死苍蝇何足惜，梅开腊尽好新春。

咏竹

亮节高风舞剑鞭，青衣绿叶护房前。
何圆月好花潮梦，不弃根连寒夜眠。
喜鹊常来歌丽日，亲朋虽去寄箴笺。
凌然挺立犹君子，昂首虚心向九天。

咏桃花

春来无处不争光,偏此山村分外芳。
树上红云燃烈火,桥头翠柳吐衷肠。
往来过客知多少,引绕飞蜂也叫嚷。
待把丹心妍透日,看花人在画中央。

咏梅

逢寒雪意天,千点发幽妍。
绝壁低临谷,疏篱远隔烟。
吟风香满屋,踏月影横泉。
道骨嚣尘外,凄清得自怜。

咏兰

不觉梅花先我开，雪痕霜片露尘埃。
孤高曾许留芳国，雅素何妨寄草台。
清丽无邪堂上客，紫罗常见鬓边栽。
未争松竹寒三友，喜爱春茶香逸腮。

咏菊

群芳数落斗霜来，惯发寒秋几怕衰。
玉白金黄鲜透骨，粉红墨紫醉开怀。
当承隐士聚贤至，也近骚人亲手栽。
谁说争春偏爱冷，东篱绽放映楼台。

贺九芙蓉诗词学会成立

莲峰映日满天红，灵秀青阳喜事丰。
古韵新诗同皓月，丹青素纸共飞鸿。
豪情感赋和谐事，兴致争鸣科学风。
琴瑟悠扬弘国粹，芙蓉竞秀百花丛。

九芙蓉诗词学会周年感赋

胜日追寻唐宋韵，悠扬诗社敢称雄。
撷来红叶修残阙，架起心桥落彩虹。
几度霜天情景别，一轮明月古今同。
多情应是青通水，煮浪连溪接海东。

贺杏花村诗社成立

春风化雨彩升虹,喜看池城代有雄。
典籍风翻情切切,诗笺月照意朦朦。
阳春白雪江山色,下里巴人世纪风。
一曲清明千古醉,牧童指处杏花红。

杏花村诗社周年感怀

诗社杏村筑凤巢,吟坛一曲谱新标。
周年怀酒称人意,百岁芳心颂世潮。
展现池阳新面貌,弘扬国粹好情操。
牧童指处诗人地,奋笔驰骋供我描。

贺秋浦诗社成立

层林红遍小阳春,秋浦又添诗社新。
千载牧童惊禹甸,九华烟雨现麒麟。
一枝独秀清溪岸,百鸟齐鸣真气神。
国粹弘扬逢盛世,池州大地颂歌频。

《九芙蓉》诗刊十周年感赋

其一

刊出诗词十度春,恰逢时雨润芳辰。
承先启后创情境,继往开来泼墨纯。
李杜怀才唯社稷,苏辛酬志为黎民。
弘扬国粹群贤聚,千首诗文着意新。

其二

唐风宋律物华吟,一曲离骚醉古今。
太白诗魂谁可识,青阳山水有知音。
今观刊出流金翠,常觉诗扬荡绿琴。
时雨和风十八大,小康社稷暖人心。

《首届中国百诗百联大赛作品集》喜入编拙作一首

中华诗友即恩师,惠我骚坛觅小词。
得意忘形寻绝句,纵情泼墨染秋池。
心忧拙作无人赏,日惦衍文有识嗤。
大好河山吟不尽,平生甘为杜苏痴。

写在三月三杏花村诗歌朗诵会上

芳草无边岸柳菁,杏花村里聚群英。
不唯旧律轻新韵,同唱今腔重古情。
引句彰扬千载训,对吟豪放百家鸣。
牧童遥指清明曲,槛外春光烈酒烹。

登万福楼写在杏花村诗社三代会上

喜得春风入画图,清溪不厌小桥孤。
百荷烟柳隐垂钓,一坞杏花当复苏。
秋浦芳菲铺满岸,齐山水榭映平湖。
恰逢万福楼外望,今岁流金含夜珠。

杏花村诗社十周年感赋

十载同心兼奋力,杏花诗社满园春。
诗词喜咏千行茂,雅韵高吟九域新。
唱和池阳言若玉,采风景点笔犹神。
精华十卷光文苑,感赋由衷赞语频。

庆建党九十周年

祖国腾飞党领先,南湖壮举史无前。
砸开枷锁红旗卷,驱散硝烟热血鲜。
指点关山昌社稷,峥嵘岁月艳阳天。
欣逢盛世歌华诞,无限风光锦绣篇。

纪念抗战胜利六十五周年

十四年间白骨殇,英灵惠我志图强。
已埋血雨腥风日,更绘中华锦绣疆。
科技腾飞翔宇宙,神州崛起屹东方。
如今夷匪休图入,威武雄师护国防。

纪念红军长征七十周年

其一

今古长征有几闻,驰名战场似行云。
冰山雪地飞身过,弹雨枪林跃马奔。
险隘雄关攻可破,高台峻垒战即焚。
胸怀马列驱强寇,壮举功勋革命军。

其二

江山破碎路人凄,倭寇横行危象起。
帷幄运筹风雨路,旌旗挥舞斗争诗。
飞夺泸定千军壮,强渡金沙百战姿。
直指光明埋旧制,冲天霄汉将星移。

写在抗战胜利七十周年纪念日

其一

勿忘抗战十四年，侵华日寇罪滔天。
南京杀戮卅多万，血肉遭残百万千。
共筑山河垒铁壁，联合战线挡硝烟。
捐躯英烈丰碑树，国耻催吟忧患篇。

其二

危亡民族捍神州，昂首挺胸七十秋。
庆典阅兵歌胜利，雄风亮剑誉寰球。
金戈铁马齐挥动，国际友邦称不休。
铸爱和平惊世举，中华复兴固金瓯。

南湖壮举

祖国腾飞党领先，南湖壮举史无前。
打破枷锁红旗赞，驱散硝烟热血鲜。
指点关山昌社稷，峥嵘岁月艳阳天。
欣逢盛世庆华诞，各族人民尽笑颜。

喜庆十九大

金秋盛会喜雄韬，大政方针主义高。
社稷无虞金灿灿，丝绸有路浪滔滔。
高悬明镜金瓯固，法治安邦廉政牢。
强国鼎新时奋进，富民歌舞领风潮。

江琼携家人拜年

梅开淑气送牛奔,瑞雪飞扬岁序新。
虎啸青山千里锦,风抚凤野万家春。
楹联焕彩呈鲜意,醇酒飘香涤旧尘。
万事皆宜交泰运,身心康健更精神。

卧松吟江琼祝岁和原玉

钟情除夕辞牛奔,虎啸团圆祝岁新。
槛外梅花含绣锦,帘中雪影兆兴春。
门联熠熠呈新意,爆竹声声涤旧尘。
当愿来年行好运,赋闲弄墨定心神。

池州长江大桥联想

楚客登临行路遥,横江虹驾接云霄。
曾因水隔愁飞雁,乃为天堑喜变桥。
江祖几时腾巨浪,波涛千古阻通迢。
今朝忽问寒江雪,他日曾闻屈子箫。

新春诗诵会即兴

蓉城耸立大江边,卧虎藏龙更聚贤。
乔觉当年留遗迹,芙蓉诗友逊青莲。
文风底蕴青阳腔,名胜情怀结善缘。
歌舞升平吟一曲,香茶美酒贺新年。

献给党的保密工作者

身系安危秉气真,细微事务必躬亲。
缄言持重终防泄,律己森严也聚神。
处友慎行无可告,知心谨记有遵循。
百年守信坚磐石,恭敬为民奉献人。

献给建党一百周年

江山如画满园新,砥砺前行诞百辰。
领导工农擎马列,摧毁黑暗为人民。
初心使命何畏惧,岁月峥嵘捷报频。
中华崛起风云路,百年圆梦梦成真。

为建党一百周年献礼

初心不忘涌波涛,岁月更新主义牢。
航启南湖乘巨浪,征翻史页显风骚。
前行砥砺寒流急,改革攻艰暖气豪。
固我神州中国梦,山欢水笑乐陶陶。

党旗颂

镰锤招展壮乾坤,驱散硝烟污浊魂。
星灿山河多丽日,辉光岁月几斑痕。
挥镰所向复兴梦,握锤开启幸福门。
砥砺前行旗帜举,初心永葆必狂奔。

贺新年

回望征程意志坚，百年庆典万国筵。
新梅着意枝头俏，旧叶无言树下眠。
号角频吹中国梦，凯歌高奏舜尧天。
龙吟虎啸初心筑，步履寰球独领先。

自嘲

从教执鞭四十春，耕耘三尺照规循。
胸宽处世天怜我，笔底知情地育人。
炽热养成传美德，秉心铸就乐清贫。
人生难得诗为伴，花草虫鱼也断魂。

献给人民教师

讲台三尺自从容,黑板高悬亭立松。
粉笔行踪皆学问,教鞭挥处破疑重。
青衫拂过寒窗暖,红烛尽燃书案彤。
汗水频淋芳草绿,耕耘春夏与秋冬。

贺庙前新农书画社丰收节书画展

万紫千红映庙前,康养小镇乐无边。
峦开碧影莲花灿,日照龙溪稻浪妍。
展出丹青农民画,传承书法时代篇。
凝心聚力挥毫志,赞美丰收喜庆年。

贺九芙蓉诗会功能性党支部成立

南湖胜日旷时空，一叶方舟入画中。
华诞百年匡社稷，志扬赤县尽英雄。
千株玉树连天碧，万朵琼花接地红。
歌咏青阳心向党，芙蓉诗会浴春风。

池州城西小学

城西美校园，红领系胸前。
小小熊宗翰：登台敢讲演。
英姿随舞动，汉服盛装鲜。
歌唱儿童节，童年滋润甜。

贺菊园诗词社二十周年庆典

高速飞驰尧渡头,贺词拙句赋东流。
一枝独秀南山下,廿载超群鹦鹉洲。
花菊三江开万朵,骚魂一脉续千秋。
今朝庆典明珠靓,喜得韶光高筑楼。

贺庙前新农书画社十周年庆典

庙前书画舞婆娑,翰墨丹青绘彩罗。
千载山乡流古韵,十年风雨尽欢歌。
丰收喜庆闲书少,法治安康雅作多。
独秀一枝花万树,往来欣赏蝶穿梭。

第三卷 词

沁园春·九华山

放眼长江,雄踞江南,普度慈航。看龙池飞瀑,莲花竞秀,东崖宴座,峭壁争芳。钟鼓悠扬,化城净土,甘露禅林佛学堂。青霞里,祷和谐盛世,福祉安康。

鎏光翘角辉煌,驾车缆、凌空百彩扬。展大鹏经石,天台晓日;闵园竹海,雀舌兰芳。银杏参天,金钱拔地,贝叶娃鱼鸟翼翔。春风染,正摩天铜像,南国风光。

沁园春·九华山大愿文化园

大愿观光,心旷神怡,拾级扶摇。看文园宏大,山光辉映;花台甘露,竹海松涛。云海莲花,舒潭印月,铜像齐天九九高。龙溪绕,望奔流云集,游赏如潮。

晚来灯火通宵，引无数、骚人墨客陶。念青莲遥望，天河绿水；冠卿隐地，至孝离朝。独秀峰前，青岚湾畔，石刻刘冲竟窈娆。然仙境，有回廊亭阁，分外逍遥。

沁园春·美丽青阳

美丽青阳，月白风清，桂菊飘香。看商铺架上，珍珠串串；青通河畔，绿树行行。七步流泉，五溪山色，园区工商花果房。环城内，悦长车达坦，网络繁忙。

物华天宝人良，一望是桑茶谷满仓。那新河菱藕，陵阳豆干；酉华钨镍，童埠荷塘。火焰丹霞，莲峰霄汉，独领江南鱼米乡。潮头望，政通经济旺，凝聚春光。

沁园春·庙前掠影

改革春来,绿染莲峰,庙前新妆。望龙溪河畔,陵园秀色;茶溪小镇,空降滑翔。大道华阳,杏花桃径,茶叶清沟满逸香。六泉口,那车流井秩,游客成行。

高源贡果长廊,引快递、黄精网售忙。看前门超市,客人扫码;休闲垂钓,民俗农庄。夕照亭中,悠游翁媪,书画斑斓挂满墙。彩虹驾,叹古来天堑,焕发春光。

沁园春·九华中学五十周年校庆

伫立江南,佛国黉宫,含玉吐芳。看九华名校,凌云学子;焚膏继晷,励志图强。鹤展英姿,鹏飞飒爽,击楫中流誓大江。龙溪岸,喜春华秋实,几许栋梁。

堪扬母校风光。悦校庆、欢声满一堂。赖良师伏案,杏坛奋笔;披肝砥砺,典则昭彰。德化逸群,文明示范,燕舞莺歌入画廊。与时进,向而今世界,再铸辉煌。

沁园春·同学聚会

昔日懵懂,倜傥风流,别过校园。念农村锻炼,时征远野;汗涔吩咐,不失争先?改革波涛,洪荒席卷,功课重温赶异篇。鸿鹄志,跃龙门几许,从业尤艰。

不堪卅载云烟,让风雨、兼程笑语间。看韶华虽逝,童心未泯;人生百态,感慨千端。岁月留痕,酸甜尝过,别样风情一线牵。齐携手,放歌喉起舞,乐健天年。

沁园春·建党九十周年感怀

大地春来，四野潺潺，八方悠悠。忆怒涛澎湃，河山荡涤；三山推倒，亿万登楼。几度峰回，几番路转，浩浩长江东未休。风云里，当耕耘播种，未雨绸缪。

漫谈九十春秋，且放眼、常怀济世忧。看高科群起，优才辈出；关山难碍，砥柱中流。强国安邦，枕戈达旦，锐气铿然贯九州。鹏程远，献丹心热血，擎帜挥舟。

沁园春·中国梦

浩浩中华，博大渊源，高耸地球。看虎门烟散，青松翠柏；南湖气壮，碧海层楼。赤县升平，轻歌曼舞，改革东风唤九州。好晴日，引陆台港澳，携手春秋。

而今稳步筹谋，疆防护、泰然若泛舟。更操磨剑戟，惩驱魑魅；三沙建置，九土何忧。"神十"翔天，蛟龙潜海，新政之光耀五洲。同心结，践行中国梦，看我风流。

沁园春·祖国

七十春秋，革故鼎新，壮志凌霄。看英才辈出，同舟共济；鸿筹妙运，定略经韬。夯实基础，小康岁月，祖国山河尽富饶。谁掌舵，赖英明政党，始揭新潮。

扬帆破浪今朝，红旗引、初心笃定牢。望神舟探月，蛟龙窥海；磁浮高铁，港澳通桥。北斗华为，墨子星绕，海陆空防方向标。强国梦，又开新立异，再看天骄。

沁园春·喜庆二十大

十月京城，炽烈秋阳，气爽天高。喜大江南北，欢歌阵阵；长城内外，赤帜飘飘。大会堂中，精英荟萃，强国蓝图再绘描。新时代，有人才辈出，武略文韬。

中华如此多娇，正破浪长航气势豪。听冲锋号角，已经吹响；炎黄儿女，气干云霄。不忘初心，担当使命，咬定青山不动摇。齐追梦，看东方大国，伟业昭昭。

沁园春·蓉城改造新景象

灵秀蓉城，七彩斑斓，湖畔花香。每黎明破晓，楼台掩映；晨风轻拂，市井繁忙。棚户新颜，花冈铺地，路砌雕栏灯饰琅。临夜暮，看银花火树，歌舞飞扬。

青阳如此辉煌，让强县富民党引航。重老城改造，清污疏道；游园亭阁，拓展车场。美化城区，修身福地，百姓居安延寿长。莲峰上，望蓉城亮丽，格外阳光。

满江红·缅怀伟人毛泽东

莽莽昆仑，高万仞，耸天惊立。风肆虐，硝烟漫卷，豺狼相逼。霾雾连天将日罩，列强掠地频蚕食。问谁能，聚力挽狂澜，挥舟楫？

根据地，红军辟，星火说，神州及。唤工农拳握，戟戈驱敌。拯救当凭韬略善，匡危饱蕴毛公绩。缅伟人，中国梦潮新，春雷急。

满江红·庆建党九十周年

万古标名,英雄事、后人长说。抬眼望、关山开放,新潮如雪。九十功勋尘与土,八千里路云和月。举杯庆,改革好年头,情真切。

思往昔,悲歌烈。观今日,民心决。驾长车踏破,科学先越。且看嫦娥奔帝宇,笑谈经济归前列。港澳后,两岸统一时,朝天阙。

满江红·颂祖国

社会和谐,普天庆、前程璀璨。凭望眼、满天星放,貌新神焕。万里河山多秀色,五千伟业长虹贯。拓先河、崛起大中华,黎民赞。

黄河畔,长江岸;春风暖,繁花绽。驾神舟遨宇,全球惊叹。反腐倡廉兴社稷,严明法纪民心坦。悟华章、号角振千军,加油干。

满江红·纪念抗战胜利七十周年

抗战歌昂，黄河愤、声声痛切！松江泪、卢沟桥痛，弹痕残裂。日寇横行仇与恨，南京屠戮腥和血。正昭示、铭耻志图强，坚如铁。

今纪念，雄兵阅。声震耳，肩担雪！驾神舟锐指，鬼社阴穴。潜伏蛟龙防海盗，筹谋北斗巡妖孽。捍和平、圆梦大中华，民心悦。

满江红·建军九十周年阅兵观感

朱日和风，清霄净，剑光炽热。观银幕、雄师威武，东风序列。百万雄鹰听号令，千寻豪气冲霄月。战备新、操练亦铮铮，当今绝。

南昌举，军旗猎。长征路，歼围截。逐虎狼进犯，英魂长烈。地空啸鸣惊贼盗，舰游南海探龙穴。领导人、挥手铸军魂，中华崛。

满江红·屈原

又是端阳，鼓声阵，龙舟竞逐。思屈子，忠贞亮节，悲怀祭祝。蒙受谗言生与死，强遭流放荣和辱。怎奈何、君浑世炎凉，痛失国。

苍天问，九歌哭；亡国恨，难瞑目。叹香草美人，风餐露宿。破碎山河投汨罗，寄希魂魄随流速。岂苟生，愿上下求索，千秋愿。

满江红·同学聚会

回首当年，彩虹望、依依惜别。心底说、九中安在？同窗缘结。体育场中争竞技，磨刀山上拈茶叶。说酸甜、更有夜温书，床前月。

相问候，多喜悦。非不易，情犹烈。看春风满面，任鬓添雪。四五春秋重聚首，相逢花甲谈英杰。畅怀饮、祝福乐天年，真亲切。

浪淘沙·蓉城春景

　　春雨惠蓉城，曼舞纷呈，禹堤霞映悦莺鸣。广电红楼亲昵影，亮丽风情。
　　碧水浣槌轻，烟袅丰盈，繁星商贾络车行。街社芳林穿燕羽，点墨勤耕。

浪淘沙·青阳春景

　　春景赋诗篇，光耀山川，城乡瑞气百花妍。绿野飘香桃李缀，大块青烟。
　　春雨赶耕田，阡陌车连，大棚培植引科研。处处生机莺唤柳，情洒阳天。

浪淘沙·秋游芙蓉湖

　　岸菊正芬芳，满目秋光。红枫染桂百般香。杨柳不怜姿色减，叶底风凉。
　　漫笑我痴狂，常念青阳。芙蓉秀水醉鸳鸯。飒爽清风撩碧浪，渗透心房。

浪淘沙·贺新年

　　瑞雪舞梅妍，舜日尧天。声声爆竹闹团圆。祝酒讴歌逢盛世，盛况空前。
　　举步贺新年，壮志犹坚。桃红柳绿万花鲜。水笑山欢人共舞，遍地诗篇。

浪淘沙·喜庆十八大

盛会正空前,荐俊推贤。和谐社会奠基坚。改革潮头旗帜举,再谱新篇。

金色艳阳天,捷报频传。倡廉反腐惠民先。奋发图强中国梦,跃马挥鞭。

鹧鸪天·观龙舟

花径通幽十里长,车流秋浦客熙攘;村头翠鸟声清脆,白鹭荷塘影渺茫。唢呐扬、赛歌香,龙舟竞渡正端阳;脱缰野马连飞雪,戏水鸳鸯笑断肠。

忆秦娥·芦山地震

神州咽,亲人梦断芦山月。芦山月,风悲雨血,残垣伤别。

八方援者帐篷列,黄金时段龙潭越。龙潭越,赈灾情切,难民心热。

西江月·读吴尔端《历代名贤诗文笺注》有感

笺注诗文面世,九华佛国新篇。疏经阐典灿星天,撷取风光无限。散落雄文逸韵,寻根究底心坚。清源正本数千年,了却古今人愿。

临江仙·拜读
《虹庐吟稿》致尹文汉社长

教授偷闲研古韵,虹庐荟萃风尘。怡情春水乐津津。笔中抒浩气,腹内卷经纶。

寄语青山心野阔,关怀家国黎民。高歌时代主题真。遣词多素雅,立意更精神。

临江仙·品莲花峰茶

耸入云端尘几染,岚风吻透青芽。霜峰翠绿寄天涯。料如长对烛,深住一仙家。

煮沸茗香频散发,何堪人对金砂。杯中醇共绽莲花,沁心添雅致,野鹤眷星槎。

临江仙·中国梦

一卷兴衰华夏史,沉浮更有心酸。列强踏破国门关。丧权缘己弱,掠夺奈强蛮。

日盛月明中国梦,飞天潜海巡寰。高端科技敢登攀。固瓯如铁壁,玩火必无还。

临江仙·踏春杏花园

遥望九华山雾渺,栏桥倒影帘晞。清明访客逐芳依,杏花多烂漫,几处不芳菲。

他日牧童沽酒处,千年烟雨春晖,平天映翠两相辉。古今风物美,烟雨伴诗飞。

踏莎行·喜庆二十大

壮丽中华,民心欢畅。群英盛会红妆亮。神州万里闪金光,丰碑二十讴歌党。

伟业千秋,普天共唱。富民强国正能量。初心使命续华章,启航携梦南湖上。

江南好·中国梦

中国梦,先辈觉神州。英烈忠魂当永记,悲伤酸泪莫轻流。存志在心头。

中国梦,马列驻心头。斩断妖魔兴百业,腾飞龙凤绕寰球。宗旨为民谋。

中国梦,"神十"看全球。经济为基科技引,小康全面凯歌稠。明镜照金瓯。

忆江南·青阳好

青阳好,遍地稻菽烟。九子泉声流玉翠,五溪山色接云天。能不梦魂牵?

青阳好,岸柳路旁花。古镇陵阳多富贵,神龙幽谷负烟霞。胜过羽人家。

青阳好,最好是人家。临水倚山居佛地,通京连广拥琼花。郊野尽桑麻。

青阳好,岸柳钓清波。布谷莺啼添笔少,苍灵燕舞注情多。诗句汇成河。

青阳好,百姓最勤劳。植树造林疏水道,围塘护坝筑鱼巢。科技领先跑。

青阳好,历代出风骚。哀郢关情忧国事,天河流碧乐人陶。谁不爱挥毫?

清平乐·夏荷

　　婷婷若姊,倩影多柔媚。散发清香蜂蝶醉。舞动风姿碧翠。凭槛探问佳人,何方飘落红尘?遥指天台云阁,与君伴日销魂。

浪淘沙·吟怀

　　老也不悲愁,往事回眸。年华似水自悠悠。任他人生情与梦,岁月绵稠。
　　何必苦思谋,快乐身修。斑斑两鬓照风流。不忘初心昂首赋,赞美神州。

渔歌子·三房熊

村史馆前娱乐场，飞蜓闲蝶戏荷塘。风送爽，水含芳。飘香丹桂引兴长。

渔歌子·杨梅桥

杨梅桥接绘文墙，飞蜓轻蝶戏流芳。秋送爽，水清凉。亭旁树下好乘凉。

丑奴儿·清明诗会

杏花村里春声起，细雨揉枝；小杜留诗，问取今人谁不知。竟然信步寻诗趣，晓雪心怡。骚客依依，触景生情莫见迟。

鹧鸪天·踏青元四章

元四章村风物新,山清水秀草如茵。百花吐蕊开心笑,一路留青不染尘。徽道古,果园春,毛峰马岭露毫银,太婆坡上悠然境,敦睦堂中欢语频。

鹧鸪天·杏花园

一入杏园触目新,青山绿水秀馋人。琼楼酒肆夹花道,远客春心愿接邻。民歌曲,古诗循,乡关气息正逢春。牧童遥指先民处,昔日风情醉贵宾。

鹧鸪天·庙前

晨起岚微天地清,庙前照水影疏横。青峦叠翠春铺就,春柳飘丝风剪成。珠露重,篆烟轻,溪田桃径鹧鸪声。上河图里清明画,不及家乡任我行。

鹧鸪天·六泉口

柳绿桃红正盛春,水清山秀草如茵。六泉吐蕊开心笑,一路寻风玄鸟巡。古战址,小康村,茶溪小镇物华新。恰逢雨霁悠然境,福地人家看客频。

鹧鸪天·农家乐

茄紫葱青辣椒红，鸭游鹅戏水生风。蝉鸣蛙唱三阳泰，渠灌机耕五谷丰。锄岁月，也称雄，花香庭院小楼中。客来席上开怀饮，杯里乾坤话脱贫。

鹧鸪天·咏梅庆二十大

玉质根坚何惧霜，冰天雪地吐芬芳。今朝不识罗浮美，他日怎知瘦岭香？开盛会，谱华章，新颜绽蕊亮红妆。金秋十月花团簇，奋进征程引领航。

蝶恋花·庙前

　　踏翠庙前随处好。红了桃花，绿了青青草。美丽山乡情味绕，凝神赏景寻奇妙。三月庙前春意早。鱼跃鸢飞，百啭枝头鸟。山水人家花月貌，琼楼玉宇红霞照。

临江仙·九华天池

　　奇特天池游子醉，溪流飞瀑逢。波清浪滟巨蛟龙，冰川竹海翠，漂流望高峰。红色山村多少梦，清新空气谁同？盘龙岛上猎奇风，坐高空滑索，兴致更无穷。

第四卷 联

九华胜境

九华竹海松天，古寺深幽烟霞永驻；
胜境晨钟暮鼓，梵音萦绕紫气长留。

九华风光

　　凌崖峭壁绝谷悬流，玉宇琼楼妙笔生花，芙蓉秀水娇姿美；
　　怪石奇松幽林野径，晨钟暮鼓流光溢彩，翡翠灵山悦目清。

天台遐思

　　登临神光岭，领略瑞气灵风，忆当年乔觉地藏驻足有限；
　　跃上天台峰，流观云山雾海，想历代骚人墨客遥思无涯。

九华胜境门坊

登高远望,四面青山,簇拥九华胜境;
长啸临风,一川星月,辉映美丽山乡。

灵山秀水九华山

灵山耸古寺,松风抱谷;
秀水出莲峰,竹海举天。

题九华山高铁站联

与天柱为邻,九子畅想复兴梦。
共莲峰入画,五溪追逐高铁鸣。

题九华

到底九华不俗；
妙分二气非凡。

九华三宝一绝

金钱娃鱼叮当三宝；
贝叶菩提梵文一绝。

芙蓉秀色

天生妙气，开芙蓉争奇斗艳；
地出灵光，结玉蕊溢彩飘香。

芙蓉峰

天生妙气芙蓉出岫；
地集灵光鸾凤开屏。

龙池

欲上天台摘星斗；
直倾龙瀑洗乾坤。

天台

古道四时通内外；
天台千仞壮东南。

六泉口

泉吐圣水为甘露；
口含芙蓉品碧莲。

太白书堂

其一

李白乘舟望九华，传千古佳作；
书堂重光留胜境，仰一代名流。

其二

想当年草字黑蛮，一荐挽回唐社稷；
看今日重光书舍，千秋播诵李诗仙。

祈佛

祈佛佑何须焚香燃烛；
祝安康还赖积德践行。

香山茅蓬

两水护林幽静在；
一径通寺暗香来。

永兴庵

鼓钟音落青山外；
庵磬经吟绿水中。

天台晓日

晨曦一轮红日出；
晚霞万朵绿丛来。

桃岩瀑布

翠屏横截桃岩上；
峡谷斜抛瀑布飞。

平冈积雪

岁寒玉莲平冈积雪；
春暖芙蓉峭壁生花。

天柱峰

拔地九莲撑日月；
擎天一柱壮乾坤。

舒潭印月

青山遗胜迹，三潭印月；
绿水眷舒姑，满腹痴情。

莲花云海

天开莲嶂云天碧；
日出华峦海日红。

九子泉声

幽林野径五溪山色；
绝壁悬流九子泉声。

五溪桃径

六泉柳堤初着绿；
五溪桃径暗浮香。

龙池瀑布

水聚龙池，瀑溅五溪珠满地；
峰悬峭壁，莲开九朵绿齐天。

地藏塔

钟声依旧传古韵；
塔影曾经伴诗仙。

平坦寺通往莲花峰牌坊

祈福逢缘，应验心中善美；
登峰造极，方知山外人家。

五溪山色

山门昂首入胜境；
溪水清心净俗尘。

凤凰松

凤凰展翅观虎斗；
龙潭印月惊鹤飞。

莲花峰

春踏青，夏避暑，秋赏叶，冬浴雪，悬泉烹茗，仙山福地；
朝行露，夕披霞，昼越峰，夜敲钟，垂壁绽莲，云海洞天。

莲花峰

宛如笔架，可是神仙架笔；
好似莲花，任凭豪杰采莲。

五老峰

五老无鹤发青春永葆；
九华有龙潭紫气长生。

双峰

古寺通幽南国外；
双峰竞秀芙蓉中。

狮子峰

神差挥手舞青狮；
红日临峰作绣球。

翠峰

天柱当空松举月；
翠峰净土竹笼烟。

枕月峰

含笑嫦娥眠石月；
出奇峻壁立屏风。

老人峰

老人无老态青春永葆；
仙境有仙灵佛国生辉。

钵盂峰

葛洪驾鹤仙游地；
丹井成钵善举天。

罗汉墩

天生罗汉成仙境；
墩作沙弥诵古今。

二神峰

仙翁对弈云天局；
胜境开启佛法门。

美女泉

泉上青霞知岁月；
山中红叶寄情怀。

半山亭

名乎利乎，一路奔波休碌碌；
来者往者，半山清静且停停。

六荷亭

六角排云，总览山中翠色；
一泉望月，尽收天上清辉。

梅亭

梅映清泉知月上；
香飘亭槛觉风来。

六泉山庄

近岭遥山云外鹤；
临溪傍柳月中天。

六泉亭

柳映清泉知月上；
荷飘亭槛觉风来。

荷塘烟柳

岭下柳烟,频添风景融村景;
塘中荷月,泛漾书声伴鸟声。

六泉门坊

月影穿云,为天下读书人高悬明烛;
泉鸣惊野,愿世间开拓者再鼓雄风。

闵园茶庄

壶煮龙溪千里碧;
香飘佛国四时春。

茶溪小镇

古道风情天街上；
玉壶雅韵碧莲中。

青阳风光

　　探究天柱仙踪，聆听九子飞瀑，心驰五溪山色，谒滕宗谅墓志，驻足烟霞园礼大兴真身，青通河畔堪称美；
　　走访宋村老区，展开三镇蓝图，影映六泉人家，览神龙谷风光，品味笔架峰看莲花云海，南国蓉城装点新。

莲峰云海

丹青妙笔,撷四时闲雅清幽,染木濡花,绽放无双生态景;

碧绿长龙,点几处亭台楼阁,流光溢彩,衬托九子母亲河。

题仙隐寺

与天柱为邻九子捧来红日近;
共旗峰入画三餐遥望白云飞。

古韵池州

秋浦岸,杏花村,浪漫千秋吟雅士,牧童遥指清明曲;

翠微亭，白牙塔，风流万种著名人，怒发冲冠满江红。

题莲花峰

上莲峰，信步从容，观松竹听泉声，放眼尘嚣外；
临云海，禅心淡定，觅仙踪寻胜迹，纵情山水间。

九华陵园

其一

览莲峰之秀，收圣水之灵，独领江南成福地；
凝山岳之尊，布乾坤之局，遥观云鹤隐蓬莱。

其二

登塔入天庭，结伴灵山生紫气，华光无限；
祭陵承地脉，环抱秀水出精神，尘世有情。

九华山地藏铜像文化园

寄怀无所,问寺外神光,松下牧童,何处有人言净土;
放眼九华,看阶前圣像,山中香火,此间为世誉天堂。

大愿陵园

其一

朝二圣汇龙溪领略莲花佛国;
礼九华怀大愿悠然仙境陵园。

其二

大愿无形明孝道;
陵园有意惠贤君。

其三

大愿祭先哲庙台高筑；
陵园扫尘埃泪雨低吟。

题芙蓉湖联

其一

阁影移峰山欲动；
湖波逐浪雨初停。

其二

日映莲峰，霞络青山千翠绿；
月随漾影，辉凝碧水满城诗。

其三

湖吞碧水烟霞，疑是瑶池悬日月；
阁锁青山秀色，会当画卷映山川。

其四

与天柱为邻,九子捧来红日近;
共名山入画,五溪追逐白云飞。

其五

倚槛灵山耸古寺,松风抱谷;
观湖秀水挂莲峰,竹海举天。

其六

面对青山一湾水,千峰竞秀;
霞披绿柳满城花,万户争春。

其七

天籁有情,阁影频传盛唐韵;
朝霞无界,蓉城辉映改革风。

其八

青入云端,凭寺韵钟声,洗却凡夫俗调;
山空月望,对湖光滟影,静观此地风情。

其九

青山丽日，九子烟霞，杯酒且邀明月共；
绿水柔情，诗仙绝句，蓉城有约晓风来。

其十

江山多胜迹，沧桑百年，今兴名楼歌盛世；
南国尽春华，豪杰无数，古吟飞阁领风骚。

题百诗百联大赛

阳春白雪，忧国忧民，几许空忧千古事；
下里巴人，乐山乐水，一堂同乐万家春。

题池州杏花村诗社

大潮中国梦；
烟雨杏花诗。

两岸一家亲

其一

临海水土志存千古；
夷洲风物情系一家。

其二

海峡正朝中国梦；
长城待奏大同歌。

其三

海峡依然风物在；
乡音未改梦魂牵。

题纪念抗战胜利七十周年

其一

阅兵庆典惊天举；
亮剑雄风壮国威。

其二

当年抗战硝烟，日寇炮声犹在耳；
今日和平岁月，中华国耻必铭心。

其三

亮剑驱魔，众志成城张正气；
扬帆逐梦，群心为国铸和平。

其四

抗战救亡，昔日神州蒙耻辱；
凝心聚力，如今盛世展雄风。

题望华校门联

其一

望明媚春景启培桃李争奇斗艳;
华毓秀新风会聚学子折桂题名。

其二

望兴芳菲雨启培桃李肩梁固栋;
华谱锦绣篇会聚丹青画凤描龙。

题陶侃

其一

功成名就身先去;
玉洁冰清浩气存。

其二

筹谋帅胆堪公瑾；
尽瘁躬亲媲孔明。

题陶母

其一

才无吟雪因风句；
德过添薪落叶篇。

其二

仁慈是信持家训；
史册争歌淑女贤。

题岳飞

其一

心牵家国山河碎；
魂屈风波大地惊。

其二

头抛正气还天地；
泪洒忠魂壮乾坤。

题金戈铁马

铁马金戈搏出英雄本色；
山光水月凝成铸国精魂。

九华山乡

绿野春风频鸟语；
青山夜雨伴书声。

皖江新春

国色天香科学路；
桃红柳绿皖江春。

荷塘烟柳

岭下柳烟，频添风景融村景；
塘中荷月，泛漾书声伴鸟声。

华峰熊氏谱联

一门双贡士；
三代九秀才。

题枞阳陆氏宗祠联三副

其一

祖德鸿规，霞蔚云蒸祥万世；
宗祠恩典，龙翔凤翥盛千秋。

其二

云间二龙，玉管漫吹秋月白；
剑南万卷，红牙曾对绮筵新。

其三

怀橘归遗,奇童知孝昭寰宇;
梦莲应兆,才女工诗耀祖庭。

题杜村刘光复纪念馆暨西馆刘氏宗祠联二副

其一

名山多胜迹,沧桑百年,今兴名楼歌盛世;
古国尽春华,豪杰无数,曾吟翎阁显风骚。

其二

青邑推望族,西馆衍派家声远;
名山号首居,光复耀祖世泽长。

老田吴氏宗祠上梁楹联五副

其一

宗庙庆重光,礼孝鸿规,绵万世;
堂基兴巨构,龙翔凤翥,盛千秋。

其二

宗庙对名山,左青龙右白虎,祥瑞升腾万丈焰;
老田环秀水,前瀑布后清流,彩练直涌百川雄。

其三

社稷振兴新时代,不忘饮水思源扬德;
宗祠重光老田吴,显现知恩报本浴昆。

其四

青邑推望族,老田衍派家声远;
名山号首户,祖德宗传世泽长。

其五

继往开来，弘扬中华传统美德；
承前启后，彰显老田吴氏家风。

三房村史馆

三房风物无边景；
百载耕读有蛩声。

聚仙楼嵌名联

聚首天下客；
仙风月上楼。

自家门楼春联

门朝青山一湾水细水长流；
楼接新月满天星吉星高照。

为蓉城镇政府大门创作春联

青山绿水多彩蓉城修身福地花似锦；
执政富民灵秀青阳强县小康气如虹。

为九华山门票所创作对联

九华山皓月晴空水色山光多奇秀；
旅游业春风瑞日人兴业旺展宏图。

当涂石桥李氏世德堂

祖上文风追诗仙直达青云神笔传万丈光芒
堂中道德随老子东来紫气关山播五千经典

九华山高铁站

其一

通京至港澳，沿途青阳多胜景；
达海连苏杭，放眼九华更神奇。

其二

飞驰如龙腾，驻足灵秀青阳地。
长鸣似虎啸，观光圣境九华天。

附录

庙前古镇赋

庙前古镇，人杰地灵。青邑西乡，历史久长，早于汉唐，兴于明清。古曰三溪，亦曰慕善。乃青贵之要冲，云商贾之集镇。游九华山之客，必行要塞之径，九都桑茶甲天下，千户富庶行徽商。壮哉！头枕天台，脚踏长江，手托莲峰秀色，怀抱百里田庄，坐镇龙溪河畔，典型江南古乡。

美哉！青山环抱，四时天蓝。东观莲花云海，有华阳幽境，平坦古寺修禅；南望天台晓日，显妙分二气，龙池瀑布飞扬；西展九垄十八岗，呈朝晖晚霞，碧波翠黛山岚；北眺六泉奔流，现五溪山色，海市蜃楼光环。谷底原野，渠灌荷塘，莺歌燕舞，丹桂飘香，小桥流水人家，鱼跃白鹭翱翔。九华河、八都河汇流龙溪，生丁妙境，直抵大江；彩虹桥、石平桥通途达坦。关公古寺，拱檐翘角；丁字华里老街，林立百铺店栈；繁华市井，万千气象。可谓：为问江南有也无，画家犹自欠功夫。

悠哉！渊源历史，古冢坟场，西周青铜，春秋墓葬，老坟窝考古，出汉唐钱币。钱清筑石寨，除暴捍兴邦。晋唐以来，名流雅士，骚人墨客，足迹参访。陶渊明、费冠卿、李白、杜牧、熊皦、苏东坡、王安石，豪吟绝句流传。黄宾虹、张大千、李可染、刘海粟，泼墨山水珍藏。人文荟萃，文物斑斓。舞龙灯，玩狮灯，乡风民俗，锣鼓十番。民歌古戏班，发端青阳腔，由南到北，衍生京剧国唱。中医针灸，中药妙方，推拿跌打损伤，民间武术弘扬。铁匠铺、豆腐坊、木榨油、冻米团，纺织造丝、缝纫绣花，民间传统作坊，手工工艺精湛。木雕刻、竹篾扎、针刺绣、纸扇伞，远销海外，明珠璀璨。古学堂、古祠堂、古石桥、古牌坊、古寺庙，遗址犹存，辉映昭彰。崇德尚礼，重孝扬善，勉耕好学，躬谦尊长，和睦处事，谈吐儒雅，勤劳节俭，誉享八方。民风淳朴之文化底蕴，厚重历史之美轮美奂。

　　新哉！溯本清源，栉风沐雨，筚路蓝缕，玉汝于成。四时不尽耀眼物，经年更有好春光。斗转星移，薪火相传，喜新中国，人民当家，政通人和，百业兴旺；改革开放，日新月异，与日俱增，锦上添花，新兴工业，遍布山乡。茶溪小镇旅游城，五九大道通京广，莲花生活民居，前门街商业网。依山傍水农庄垂钓，花卉葡萄蔬菜棚养。村村通公路车流不息，人人歌岁月霓虹灯闪。公民办学，成果斐然，医疗养老，齐进发展。农民文化园广场舞姿，九源剧团、夕阳红剧团送戏下乡；新农书画成社，农民画进京展。绿色生态与古镇图治和谐相处，古风遗韵与时代文明相得益彰。经济腾飞跃，党建亮金光，山水明如镜，古镇换新装。

  盛哉！天行健自强不息，地势坤厚德载物，更展英姿，以跻美丽乡镇。以百年党史教育为契机，以弘扬党性为初心使命，鼓舞斗志，砥砺前行，脱贫致富，关注民生，丰富文化旅游，竭力打造运动休闲、康养小镇。彼虽不才，欣然命笔：踏遍庙前随处好。红了桃花，绿了青青草。美丽山乡情味绕，凝神赏景寻奇妙。古镇庙前春意早。鱼跃鸢飞，百啭枝头鸟。山水人家花月貌，琼楼玉宇红霞照。

三房熊古村落

三房熊古村落与庙前古镇毗邻，是庙前镇十字村的自然村庄，五九公路从村东而过。三房熊始建于明洪武年间，迄今已有六百多年的历史，因熊纲三择居此处而得名，由其孙熊七千（熊志中）处士而闻名池阳，当今族人皆是明初漕贡进士熊伯政之后裔。

三房熊从明初至清末一直是熊纲三后人住居的村庄，清康乾年间，人口达千余，村庄颇具规模，建有熊氏宗祠三进，支房宗祠一进，设有门楼、门坊、通廊、过道、青石铺地面、旗栏石、门当石、石雕、木雕、砖雕，属典型的徽派古建。村中开挖水井两座，大、中、小水塘三口，可谓三塘印月。开挖善渠五里之长，引活水穿村。庄内设青石晒场七个，巷弄三纵三横，有黄蜡石路面，居宅建造按高、中、低阶梯分列，错落有致，酷似一幅完整的八卦图，是典型的江南民居古村落。

三房熊人杰地灵，民风淳朴，崇文重教，言传家训、家规，积德行善，讲究美化环境，弘扬孝道、重视公益。村庄内建有读书楼、院三处，花园两处，村前房后绿树成荫，果木四时飘香。虽无进士门第，但出现过文林郎、举人、处士、贡生、文武秀才、孝子数十人。如孝悌门坊、旗栏石、碑记、匾额、谱记等标志性文物，传承口碑方可见证。公益方面，如：熊七千及其后辈领首修建庙前古镇下街五拱石桥（名曰平桥），上街一拱石桥（名曰落驾桥）、五溪桥、善心桥、望华亭、望江亭等。慈善方面，如：独资修建庙前下街五显祠、庙前上街慕善门、关公庙、观音阁、六泉洪庙、回龙寺等。家训、家规、崇尚孝道方面，如：记载有救父、救母、少壮丧夫、抚养子女成才等数人，成为贤良、贤惠的典范，弘扬美德，激励后人。孝敬父母、勤劳耕读的古朴民风尚存。

新中国成立前的几十年间，陆续有宁、丁、王、左、张、杨、陶、刘八姓人家迁居入庄。熊姓也有迁移居住地者。目前三房熊仍以熊姓人家居多。由于日本侵略者进村时烧杀，加上"文革"时期的毁坏，村庄内古建筑所剩无几，但孝悌门坊犹存，旗栏石散落，青石晒场保留一个，作为文物，亟待保护，以修复如初，彰显传统文化。

新时代，党和政府大力弘扬传统文化，着力打造美丽乡村。2018年，十字村首选三房熊古村落作为振兴美丽乡村建设的亮点，让昔日三房熊古村落重现光环，让传统文化与时代新风尚落地生根。在美丽乡村建设中村民们积极支持，节点打造无阻碍，实现了主干道硬化、户户通亮化，文化墙、村史馆、老龄活动室、休闲健身广场俱全，实施厕所改造、污水排放净化，实现网络全覆盖，村民们找到了自我幸福感。站在修复如初的孝悌门坊前，人们可东望莲花峰日出，云海翻腾；西看玉屏翠黛山岚，朝晖晚霞；南眺九华山色，妙分二气；北观六泉奔流，云鹤翱翔。昔时村口污染的池塘，现在绿波荡漾，清可见底，倒影民居、民宿庭院，四时花芳。丰收的田野与美丽的村庄交相辉映，小桥流水人家，蝶飞燕舞。可谓：三房风物无边景，百载耕读有蜚名。

庙前好山水　五显励后人

庙前自古是青阳县西乡重镇，处于九华山风景名胜旅游区北麓，前往九华山的五九公路贯穿全境。境内群山环抱，溪流众多，历史悠久，民风淳朴，物产丰富，人文荟萃。古镇老街南接日照峰、王家山，北壤云鹤峰、周家山，东望莲花峰、笔架山，西观翠屏峰、磨刀山；四面青山翠黛，峰峦叠嶂，朝晖晚霞。从东南方而来的九华山的龙溪、九都河流横穿老街，清流不息，碧波荡漾；从西南方而来的七都河、八都河在古镇下街彩虹桥与石平桥下方汇流成九华河。山连水，水环山，山水萦绕、依山傍水的庙前古镇，形如长蛇的华里老街，美不胜收，好似一幅惟妙惟肖、美丽壮观的山水画图。

据传，早年庙前镇建制为青阳县西乡一镇辖三都，一镇为三溪镇，三都为七都、八都、九都。辖内的七都为今庙前镇的一心、星星、双山、石山、玉屏村等地，八都为今杜村乡，九都为今九华乡。说起三溪乡更名慕善镇，在青阳县西乡民间流传着一段佳话。

明末清初,青阳县徽商鼎盛,境内出现江百万、熊七千两大富户。江百万指的是青阳县南乡朱备望族江姓人家,熊七千指的是青阳县西乡庙前望族熊姓人家。百万、七千富户的来历,据传是其家族分别置有百万亩良田山场、七千亩良田山场。另一种传说是这两姓富户每年分别纳税朝贡百万钱粮、七千钱粮。

　　清初,贵池、铜陵对岸的江北水灾频发,水患严重,灾民流离失所,背井离乡,乞讨江南。一时间,江北灾民牵儿拖女,纷纷拥入九华山逃荒避难。见此景,青阳县西乡处士熊七千慷慨解囊,在古镇庙前下街石平桥与彩虹桥之间的桥头堡处兴土木,建五显庙,开积善门。门联曰:慕善济贫兴社稷,急公好义振家声。他开私仓放粮,施舍粥饭,救困难民,接济往来穷苦过客,数年如一日,积德行善。此后有人称五显庙为德善门,有人称五显庙为慕善门。有一年官差巡视,体察民情,得知此义举,便将三溪乡更名慕善乡。从此,慕善乡名直沿用至民国初年。民国时期,青阳西乡袁氏望族袁正明任青阳县县长、青阳西乡熊氏望族熊芳德任慕善乡乡长时,新建乡公所,选址设在五显庙(慕善门)后面,五显庙处在新建乡公所的前面。乡公所竣工时,人们发现庙在乡公所前面。有人说:庙前,庙前,你一句庙前,我一句庙前,一传十,十传百。于是，庙前之名传开青贵两县。近百年来，慕善的名字在人们的记忆中淡忘了，人们只知道庙前，已不知道慕善了。

显德、显忠、显孝、显廉、显善的五显庙，耸立在乡公所前面，直到新中国成立后，1958年成立庙前人民公社，五显庙由庙前搬运站集体占用，"文革"时期被毁。然而，崇德崇善、忠孝礼信、廉洁奉公的中华美德始终让人难以忘怀，中华圣贤古训始终激励后人。

杜村目连戏与青阳腔渊源

青阳县杜村乡青九长垅目连戏剧团是一个青阳腔剧团。他们演唱的青阳腔目连戏是青阳民间沿袭下来的不可多得的青阳腔地方戏,是一枝独秀的民间艺术奇葩。

杜村长垅目连戏剧团数百年来历经新老演员的交替,荟萃了民间艺人,承袭了青阳腔。剧目角色有生、旦、净、末、丑。脸谱有鬼脸、旦脸、标脸、花脸、菩花脸等。演出时多为一人唱、众人和(独唱帮腔结合),以锣鼓、唢呐等乐器伴奏,没有固定的曲谱,唱调多以七字一句,少为三字、五字一句不等。全剧将"唱、念、做、打、滚"融为一体,尤以"滚"调特色享誉民间。

杜村长垅目连戏剧团的前身是庙前合义班。合义班活跃于明清时期,是青贵两地流行的"徽池雅调"民间剧团之一,而后形成"青阳腔",走南闯北,成为京剧的鼻祖。

黄梅戏著名的表演艺术家严凤英、熊少云等早年曾在合义班学戏、演唱。

九华山史料记载，杜村长垅目连戏剧团曾于1927年、1937年、1947年九华山僧俗两届举行十年一届阴骘大会时连续三届演出青阳腔剧目目连戏，每届连续演出七天七夜。不仅如此，逢当地元宵节前后，还在乡里公堂、乡里庙会、社公会、祠堂族会等公共场所及老人做寿时演出。青阳腔目连戏走遍了全国各地，甚至海外。

九华山对外开放后，该剧团在1987年、1996年九华山恢复每十年一届阴骘大会中再次演出青阳腔目连戏，受到省、市文化部门的嘉奖和中外游人的好评。乡邻民众喜闻乐见，赞不绝口。

杜村长垅至今传唱的目连戏在民间又有还愿戏、太平戏、大会戏等多种名称。剧情讲述善人傅相济孤扶贫，供佛得道升天。其妻刘青亵渎神明，扼杀生灵，触怒上苍，被打入丰都府（地狱），而其子傅罗卜救母心切，皈依佛门，易名目连，闯进丰都地狱，历游十殿，百折不挠，感动上苍神明，使神明赦其母脱离苦海，出地狱返回上苍，起死回生，母子团圆。目连戏剧情起伏跌宕，感人至深，旨在昭示后人广种福田、积德从善、崇尚孝道、守节为本。可见，青阳腔目连戏是集儒、释、道三家思想为一体，富有浓郁的乡土民间气息的戏曲，在中国戏曲发展史上有着重要的地位。再现青阳腔，挖掘地方民间戏曲，具有一定的现实意义和深远的历史意义，既适合国情，也符合民意。

杜村长垅目连戏剧团是民间戏剧团体，演员乃地道的农民。他们日出而作、日落而息。他们的学唱、排练是利用春节前后、农闲季节，父传子袭，自导自演而成的。他们经过一代又一代的传承，保留了青阳腔这个珍贵历史剧种，为青阳腔申报国家非物质文化遗产提供了翔实的依据。他们的传承与演唱精神，充分体现了中华民族古老而文明的优良品质及惩恶扬善的高尚情操，更充分体现了青阳县杜村乡这块土地古朴而厚重的文化底蕴。其为地方戏曲文化的传承有着不可磨灭的贡献，为乡村振兴、带动地方旅游经济的发展，提供了不可多得的文化大餐。

莲花云海展新姿

　　素有"九华山后花园"之美誉的莲花峰生态园坐落在长江南岸钟灵毓秀的青阳县境内，是皖南著名的金山红叶胜地。唐代诗仙李白"天河挂绿水，秀出九芙蓉"的绝句即指九华山十景之首的莲花峰。莲花峰生态园因地处莲花峰而得名。镌刻在巨岩上的"莲花峰生态园"六个大字，为时任全国政协副主席陈锦华手书，字如景美，悦眼醒目。

　　莲花峰生态园距青阳蓉城南十余里，背山面阳，青通河蜿蜒而过。可见峰峦叠嶂，峭壁峥嵘，巨岩各异，奇松怪石，栩栩如生；沟壑涌泉，深潭沉壁，泉流飞瀑，瀑布流泉，跌宕生姿；荷塘垂柳，拱桥潺流，碧水清波，鱼翔浅底；竹海松涛，红枫洒脱，山花芬芳，蝶飞燕舞，候鸟鸣空；绿茵绕阶，城池遗风，曲径通幽，滴翠掩映。触目之处，令人回味无穷，正如毛泽东所言："江山如此多娇""风景这边独好"。

　　莲花峰生态园得天独厚的自然生态与人文景观巧妙融合、交相辉映。古刹塔林，书舍重光，梵音缥缈，万千气象，宛若仙寓。倚山建园，就势布局，错落有致。园即是山，山即是园；巧夺天工，妙趣横生。其峰、其石、其山、其水、其物，引人入胜，令人陶醉。

"江南一岳占青阳，多少神仙此地藏。"莲花峰生态园百分之九十以上被森林植被覆盖，古色古香的徽派建筑点缀其中。气势昂扬的游人接待大厅集徽雕之精华，木雕"莲花云峰"、石雕"龙凤呈祥"、砖雕"青阳古色"堪称徽雕三绝。古朴典雅的别墅群掩映于水榭之间；皖南民居式古村落中茶味萦绕、丹桂飘香。拾阶而上的九华书舍，别开生面。凭栏环顾，有达摩面壁、金蟾窥月、犀牛观北斗、莲花宝座、飞鸽朝圣、青狮绿象、骆驼峰、沙弥峰、藏经洞、古寨门、神仙台、黄瓠城、悟真茅蓬、净信古寺等自然景观与人文景观，美不胜收。面对此景此情，设案展纸，泼墨挥毫，情趣无限，如若神仙。

灵秀青阳美如画，莲花云海展新姿。莲花峰生态园责任有限公司乘着生态池州、生态青阳、绿色家园的可持续发展旅游经济的东风，于2005年始建。计划投资两个亿，现已投入一个亿，园区初具规模。此处兴建了可容纳大小车百余辆的绿荫停车场。娱乐体育设施有篮球场、排球场、乒乓球室、阅览室、影像室等；另有接待会议中心、多功能餐厅、包厢、标准客房等，一次可容纳数百人。2011年9月8日开园以来，日接待游客几百人，逢节假日接待省内外游人增至上千人次，接待省、部、市、县等各级政府领导莅临指导多次，得到一定的赞许："莲花峰生态园是青阳也是皖南不可多得的旅游观光、休闲度假的极佳景区。"

莲花峰生态园的建成，不仅拉动了青阳周边的经济，带动了旅游产业的发展，也为当地百余名富余劳动力解决了就业问题。高品位、高档次、高质量的服务，已经省、市、县各级政府检验，正申报国家AAAA级风景区。玲珑剔透的莲花峰生态园，昂首在青通河畔，以崭新的姿态迎接青阳正在建设的高铁的到来。以诗咏之：

蓉城郊外踏莲峰，一望园林徽派风。
怪石嶙峋层迭翠，奇峰挺秀更称雄。
泉鸣池唱红枫艳，竹舞松鸣娇态同。
洞谷悬流清雅静，凭栏垂钓趣无穷。

楹联故事三则

聚亭对对联

　　青阳县西乡的庙前镇，古称慕善镇，因镇上街市在关公庙（现为天台下院）前，故有庙前街的通称；也有说此镇坐落在九华山的庙前，故俗称为庙前街。清代康熙年间，九华山香火日盛，西乡庙前街是下江香客由大通经水路往九华山必经的集散之地，商业日臻繁荣。下街西南是八都河与东南九都河的交汇处，南来北往，交通十分不便。于是，当地张氏宗族率众募捐，建造了三孔石拱桥，取名彩虹桥，矗立在八都河上。与此同时，当地熊氏宗亲募捐建造了五孔石平桥，横跨于九都河上，取名平桥，寓意天下太平。两桥纵横依托，相伴成趣，堪称庙前集镇一大景观，更为沿街两岸居民提供了交通便利。

　　在拱桥与平桥竣工后的衔接处，当地吴姓家族集资建有一亭，取名慕善亭。慕善亭可谓画龙点睛，恰到好处。吴姓家族请来当朝礼部尚书吴襄之子——人称吴癫子为慕善亭柱上题联。那天，以三姓为首的众人在亭中集会，目睹吴癫子弄墨挥毫在亭柱上题联。只见他不假思索，不慌不忙，上联题"彩虹永销屏山翠"，下联题"缟水清"。下联只写了末尾3个字，有意空出前面4个字，让众人对上，一时众对纷纭。有对"碧莲常映"，有对"秀野外流"，有对"野鹤常飞"，有对"岸柳飞花"，有对"桥洞常开"，等等。而后，他又在一柱上题写下联"玉屏山下彩虹桥"，让众人对出上联。一时大家沉默寡言，渐渐听见有人对"灵鹤峰中平坦寺""灵鹤峰边六泉口""青峭湾边大鼓岭""青峭湾中翠峰寺""六泉口中将军庙""六泉口中二圣殿""六泉口中甘露寺""桃岩瀑前无相寺""慕善亭前明月镜""慕善亭前花月貌""莲碧水中灵鹤影"等。众人你对一句，我对一句，接连不断的联句打破了沉闷的气氛，将整个对对联的场面推向高潮。如今两桥犹存，亭子早废，而聚亭对对联的美谈趣事在青阳西乡流传甚广。

不知当初吴癫子聚亭让人对对联是何用心，但只要你走到彩虹桥上，东眺莲花峰，峰峦叠嶂；西望玉屏山，玉带绵延；南观九华天台，昂首峭拔；北看六泉口灵鹤峰，翠盖如伞。八都河、九都河汇流龙溪，在彩虹桥下碧波逐流、影映青山，美不胜收的景象着实让人心旷神怡、浮想联翩。

胡公祠联忠义垂范

"忠义赏日月,义气薄云天。""不读春秋知礼义,唯同杵臼交孤忠。"此两副楹联录自青阳杜村宗文《罗氏宗谱》,镌刻在明万历年间罗氏家族筹资兴建的胡公祠门柱上,为当年罗氏族人罗尚忠进士所撰。

那么,进士出身的罗尚忠为何撰联刻在罗氏家族筹资兴建的胡公祠上呢?胡公原名胡功孙,宗文罗氏家族尊为义祖先,每逢祭祀之日,举族先祭拜胡公,后祭拜罗氏祖先,数百年来已成惯例,沿袭至今。

原来在明初洪武年间,宗文罗氏族人罗胜二为里正(又称里长,明朝百户为一里,设里正一人负责户籍纳税)。罗胜二为人正直、品行端正、仗义疏财、扶困济贫,深得乡邻拥戴。是年天灾人患,民不聊生,百姓无从纳税,罗胜二不忍心征收穷苦百姓钱粮,自家也没有多余的钱粮补上,一拖再拖,迟迟不能上缴贡税,已误限期,按明律当斩。就在这危难关头,罗胜二义子胡功孙得知义父遭此劫难,自己又无力回天,打算舍身替死,以报答义父多年来的养育之恩。于是,胡功孙打扮成罗胜二模样赶往县衙,在半路上遇到抓差衙役,衙役误认为罗胜二事先得到消息,准备畏罪潜逃，不分青红皂白，抓着胡功孙立即押赴刑场，斩首示众。当罗胜二被斩首示众的噩耗传到宗文罗村时，人们沉浸在无比悲痛之中。罗胜二自知临刑时日已到，等待被抓赴刑场，却被家人苦缠哀求，延误了时辰。当知晓自己的义子胡功孙替罪遭刑，他更是悲愤交织，只有暗中吩咐族人领尸安葬了义子。从此，罗胜二隐姓埋名。

既然胡功孙是罗胜二的义子，为何他愿替义父顶罪呢？原来，胡功孙幼年丧父，家境贫寒，粒米可炊，其母在万般无奈之下，带着年幼的胡功孙以乞讨为生。时值隆冬，孤儿寡母沿途来到宗文，白天要饭，夜间寄宿在八都河上的世荣桥静波亭里躲避风雨。由于娘儿俩长期风餐露宿，其母疾病缠身，加之饥寒交迫，不幸病死在静波亭中。罗胜二知道后，置棺木安葬了胡功孙的母亲，而且将年幼的胡功孙领回家中收养，以子相待，视为己出。

罗尚忠乃罗胜二的嫡亲后代，自幼勤奋好学，明万历四十一年（1613）举进士，为官清廉、刚正不阿，官至礼部侍郎。是年荣归故里，念祖上阴德，感恩胡功孙义举，领罗氏族人重修胡公墓，兴建胡公祠。

"忠义赏日月，义气薄云天。""不读春秋知礼义，唯同杵臼交孤忠。"两联镌刻在胡公祠门柱上，昭示罗氏后人秉承忠义垂范。明朝修建的胡公祠历经沧桑风雨已成废墟。今天，罗氏族人不忘义祖胡公恩德，于2013年集资在原址上复建胡公祠，悬联祠堂之上，铭记义祖，弘扬祖恩，传承忠义美德。

亭联辉映　古韵犹存

半山亭，现为西来禅寺，位于杜村八都河东岸，处在九华山西麓蜃蟠岭，东观神光岭金地藏肉身塔，西览八都河两岸烟景，南接南阳湾神龙幽谷奇境，北眺长江白浪行舟。蜃蟠岭，春归山花芳香扑鼻，沁人心脾；夏至乔木森然，浓荫滴翠；秋临风露浸染，丹云点缀；冬来冰霰凝结，悬珠挂玉。此处四季云海为伴，风光秀丽。置身寺（亭）中，观千里山河，心净神清，飘然神逸。

金地藏菩萨曾在此驻足，后人于北宋年间始建了西来庵以示纪念，后易名为西来禅寺，俗称"半山亭"。"知过客为谁，来者请坐；问山程几许，到此平分。"半山亭对联乃清末本邑八都秀才姜孝维所撰。重温联语，不禁让人产生联想。过客为谁不重要，有一个人最重要，那就是唐代新罗高僧金地藏卓锡九华山之前，曾驻足于此。山程几许并不重要，而山很重要，因为这山不是一般的山，而是著名的中国四大佛山之一的九华山。路也很重要，是西北方向进入九华山核心景区的必经之路。此地正是上山行程的一半，故而得名"半山亭"。有史料记载，北宋政治家、文学家王安石变法失败后，退居江宁（今南京），溯江而上，游览九华，走的正是此道。他途中遇雨，小憩半山亭，并赋诗《题半山寺壁》："我行天即雨，我止雨还住。雨岂为我行？邂逅与相遇。"自王安石题诗之后，游人、香客络绎不绝，遐迩闻名。

如果说这两则典故显示了半山亭的文化底蕴，还有传说描述了它的神秘。西来禅寺山门殿前（位于原半山亭北侧）一数米高的土墩，很有来历。据说，宋代时有一忠良为奸臣所害，其子被奸臣追杀后丢弃于此。山民们不忍其尸暴于山野，将其安葬，堆成坟茔。奸臣闻之，命人毁平土墩。土墩被毁平后奇迹般重生，奸臣再次毁平，土墩再次重生。如此反复，众人为奇，遂在土墩西侧建一塔墓以祭忠良之功德，塔墓名曰"天灯"。更为神奇的是，天灯一亮，远在九华山的钟鼓就再也没有声音。这就是"天灯一亮，钟鼓齐黯"的传说。这样一来，西来禅寺在九华山可谓举足轻重。

古老的西来禅寺原建有山门殿、大雄宝殿、观音殿等诸殿，寺庙气势雄伟，周围古木参天。可惜这座名刹在抗日战争中遭到日本侵略者的毁坏。新中国成立后，西来禅寺经过修葺，香火逐渐旺盛，但在"文革"中又遭浩劫。眼下的西来禅寺已修缮一新。正殿庄严肃穆。正殿两侧，膳房、接待室、客厅、会议室、书画室等，一应俱全。

环顾西来禅寺，远处群山环抱，近处翠竹林荫，空山幽谷，鸟鸣嘤嘤，泉水潺潺。有诗为证：落在半山倚九华，西来佛祖著烟霞。亭联典故相辉映，古韵春风惠万家。

玻璃张村

　　古村落的风景自然而厚重,深藏着古朴和淳厚。这里能让你放下烦恼,找寻那片心中的安宁,捕摄江南乡村的光芒。

　　玻璃张村位于青阳西乡庙前镇庙前村南端,水漫山麓,三山拥抱,一泓清泉穿村而过,是个山清水秀、依山傍水、古色古香的村落。自明初张彦辉由贵池杏花村卜居此地开基拓荒始,发展至清中期时人丁近千口的张姓人家,建玻璃门楼,以高而壮观闻名遐迩。从此人们忘记了扑虎张而称玻璃张。

　　玻璃张村可追溯到明洪武年间,有六百余年的历史。村落中古迹众多,奇人众多,不解之谜和传奇故事众多。20世纪30年代初,中共青阳县委建立在村首逍遥冲,当时地下工作者常以习武为名进村入户,从事党的地下工作,给这个古老的村庄增添了神秘的色彩,披上了红色面纱。

　　漫步在玻璃张村,处处都能感受到这座古朴村庄的味道。三纵三横的古巷道巷口巷尾石头墙饱含着岁月的沧桑，就连村中的鹅卵石路上都有马踏车的历史痕迹。

历史上的玻璃张村是通往九华山的要冲、徽道的中转站。当时南来北往的香客、游客络绎不绝，他们在这里借宿集散。现在茶亭、过廊已成废墟，而立规守德、孝道谦让的家训却传承已久。"百忍家声尊旧顺，四峰山色换新图""清白风规绵世泽，河山秀毓焕人文"这两副典雅而古朴的楹联，数百年来，每逢春节，被村人以春联的方式粘贴在玻璃张各家各户大门之上，以此教育和勉励子孙后代。

玻璃张村自古以来习武重文，人才辈出。农闲季节或春节前后，不分男女，人人习武练拳。先辈们传唱的国家非物质文化遗产目连戏，远近闻名。锣鼓十番传承至今。尤其是舞狮灯，声达于青阳、贵池，改革开放后曾参加过市县会演。

今天的玻璃张村，桃红柳绿，苍翠掩映，洁净的水泥路旁，果木鲜花四时飘香，不时闻得鸟语水潺。民宿庭院新颖典雅。村民生产的棕扫把畅销大、中、小城市。村民出入有车辆，生活有余粮，享受医保，脱贫致富，步入小康，此处呈现一幅美丽乡村景象。诗曰：玻璃张村风物新，青山绿水秀馋人。百花吐蕊开心笑，村路户通不染尘。徽道古，田野春，虎形山上出金银。盆形岭下悠然境，百忍堂前欢语频。

试谈近体诗创作的几点体会

今天，我们创作的古体诗、旧体诗，中华诗词学会把它们称为近体诗，也称格律诗。近体诗是从唐诗沿袭至今的，而唐以前的诗称为古体诗或旧体诗。

诗是什么？简而言之，诗是诗人"感物吟志""以情造文"的形象载体，是文学作品中产生最早，最直接诉诸心灵、反映社会生活的一种艺术形式。同时，诗又是反映生活高度集中和典型化的语言艺术，对语言要求特别严格。

近体诗作爱好者从学诗到作诗都经历了漫长的过程，需要付出大量的时间和辛勤的汗水，并非一朝一夕之举，一蹴而就之功。"有志者事竟成"有力地说明诗作爱好者要有理想抱负，意志坚定，勤学苦练，不辞辛苦，日积月累，才会熟能生巧，水到渠成，登堂入室。正所谓"功夫不负有心人"。

通过学习前人的诗作、今天诗家的名言，关于近体诗创作，我认为应注意把握好以下几点。

其一，是把握"诗外功夫"，即平常说的采风。

诗外功夫是诗人从事创作的先决条件，生活是创作的唯一源泉，是诗人获得成功的根本途径。诗是现实生活的真实反映，脱离生活，创作必然成为无源之水，创作灵感将会枯竭干涸，那就无法感受时代的风云变化，捕捉多彩人生中的诗情、诗意、诗境、诗美，创作出真正的好诗。

其二，是把握"诗内功夫"。诗内功夫是诗人为实现自己的创作理想、写成诗作必不可少的重要修养。诗内功夫至少涉及五个方面。第一方面，要具有形象思维、逻辑思维、灵感思维。第二方面，从现实生活中取材，提炼诗意，确立主题。第三方面，进行艺术构思，捕捉意象，塑造形象，营造意境。第四方面，选用诗作的体式和形象化手法安排韵律，渲染气氛。第五方面，开头结尾、诗面布局独具匠心，推敲至完美。

其三，是把握诗作韵律规范，避免新旧声韵混用。作为近体诗作爱好者，应具备四个起码的条件，也是必须坚持的四个起码准则：一是语言要通顺简练，二是平仄要合律协调，三是比兴要恰当妥帖，四是押韵要和谐自然。

其四，是把握诗作有激情。诗的本质特征是主情的，诗情是诗的特殊使命，诗是真、善、美的化身。

诗人必须掌握语言的艺术手法，才能在创作中得心应手地表情达意、状物绘景，真实生动地反映多姿多彩的生活面貌和精神状态。

其五，是把握诗作有品位。凡诗应具有诗情画意，韵味浓厚、铿锵有力、掷地有声、朗朗上口、回味无穷等情境。凡是具有"意味""情趣""风味""兴味""趣味""余味""滋味"以及"情趣""意趣""玩趣""谐趣""奇趣""妙趣"等的诗作，自然是一首好诗，必然会受到读者的青睐，流行于世。

品读《诗韵九华》

储满贵

我与熊洪印先生是文坛诗友,近20年来我们时常一起参与采风活动,常在一起谈诗论赋,心有灵犀、诗脉相通。今洪印先生大作《诗韵九华》出版在即,可喜可贺!

读罢《诗韵九华》文稿,总的感觉是所作诗词题材广泛,主旨鲜明,作者胸藏丘壑,笔洒豪情,显现出一种"天人合一"的思维境界,神韵鼓荡,给人以美的享受。

中华格律诗词是中国传统文化皇冠上一颗璀璨的明珠,广博深邃,源远流长。它有一套严格的创作法则,诸如平仄、对偶、押韵等,虽然曾被喻为是"戴着镣铐跳舞",似有限制创作自由之弊,然其所具有的独特艺术形式和韵律美,总为世代诗人、词家踏着时代前进的步伐所执着追求,因而成为"一万年也打不倒"的奇葩。可以说,正是这种格律"约束",才使诗词有了均齐美、节奏美、音韵美。明代董其昌说:"诗以山川为境,山川以诗为境。"因此,诗家摇笔抒情时，总是首先到自然界中去搜寻对应物。熊洪印先生出生和工作在古老而秀丽的青阳县，从小沐浴着青阳的雨露春风，聆听着"莲花佛国"九华山的晨钟暮鼓，胸中孕育着无限的诗情画意，这无疑为其进行诗词创作奠定了良好基础。他不仅用大世界的眼光关心社会中的人和事，而且更多地钟情于故土的地域文化、自然风光、风土人情。这里摘抄作者三首（阕）诗词即可见一斑。

忆秦娥·芦山地震

神州咽，亲人梦断芦山月。芦山月，风悲雨血，残垣伤别。

八方援者帐篷列，黄金时段龙潭越。龙潭越，赈灾情切，难民心热。

沁园春·美丽青阳

美丽青阳，月白风清，桂菊飘香。看商铺架上，珍珠串串；青通河畔，绿树行行。七步流泉，五溪山色，园区工厂花果房。环城内，驾长车达坦，网络繁忙。

物华天宝人良，一望是桑茶谷满仓。那新河

菱藕，陵阳豆干；酉华钨镍，童埠荷塘。火焰丹霞，莲峰霄汉，独领江南鱼米香。潮头望，政通经济旺，凝聚春光。

陵阳追梦

追忆先秦忆屈原，寻幽古国楚江边。
青山牧笛吹残梦，犹听陵阳诗问天。

由这些蘸满真情的笔墨，即能看出诗人心系地震灾区、忧国忧民的内心世界。书中也有许多浸透着爱国爱乡的炽热情怀的篇章。读《诗韵九华》，感到诗人写景咏物的作品画面生动，灵感活跃，让人耳目一新。例如：

闵园拂晓

晓鸡一报四山嘶，谷荡轻烟鸟语迷。
竹海频传钟鼓磬，潺流宛若耳边溪。

写诗者都有个共同体会，就是要用形象思维，每个字词都要准确、精练。本书作者在七律《天台挑夫》中，用"弓背循阶上九霄""月移身影""汗过胸襟""饥来素面"等形象语言勾画出了天台挑夫的形象，抒发了作者对天台挑夫的咏赞，情真意切。熊洪印先生所作诗词中化用典故亦比较纯熟自如，无斧凿痕迹。譬如七律《五溪山色》尾联"几许诗笺题落叶，溪流好句寄谁家"，就是化用了唐朝僖宗年间，上阳宫女红叶题诗的典故中"曾闻叶上题红怨，叶上题诗寄阿谁"的诗意。这个典故流传久远，化而用之，雅俗共赏。

熊洪印先生的《诗韵九华》，在百花争艳的诗词园地里虽不能艳冠群芳，但可给广大诗词爱好者带来一缕春风。在其佳作付梓之前，先生以打印稿寄示而问序于我，我受而读之。我在诗词写作上是幼犊学犁，岂敢妄言？思之再三，忝在知交同好，只得写了上面的话，勉以应作。

《诗韵九华》跋

陈寿新

我是允诺过洪印兄在其诗作结集时为其写点文字，但那只是一时兴起话赶话的戏言，当兄台真的把《诗韵九华》传到我邮箱时，我为他高兴的同时，也倍感压力。

20世纪80年代中期，我来九华山学校任教，就听说有位同事喜欢舞文弄墨，创作楹联随笔乃至新闻报道，与文字有关的活动都少不了他的身影。比方他给寺庙、家居写对联，倒也契情契理；比方他给广播站投稿，采用后也有块儿八毛的稿费。多年后他说相较体制外工资，稿酬着实还有些诱惑，不可否认，洪印兄也想通过文字来改变命运，活脱脱是路遥《人生》中高加林式的存在，毕竟当时城乡"剪刀差"横亘在知青的现实生活中，18岁高中毕业就回乡当民办教师，跻身体制是那时代一批人的追求。

那时的洪印兄脚步匆匆，包括文字。

二十年后，我驻会文联及九华山佛教文化研究会，洪印的身影仍然活跃，无论文联下辖的作协、书协，还是屈原学会及佛教文化研究会,一有活动,他逢召必到,依旧激情不减,热情不退,但心态平和了很多,诗歌、散文创作采风,他积极参加;屈原研究等社科类活动、书法惠民,也是乐此不疲。文学艺术活动已成为他另一种生活方式。

断断续续用近一个星期在手机上吃力地读书稿,那是作者从自己创作的数千首(副)作品中遴选出来的诗词楹联,我总的感觉是题材涉猎较为广泛,把作者几十年所思所想都付诸笔端,胸中藏丘壑,笔触描大千,作者创造的意境,给读者以思索的空间和美的享受。

给我印象最深刻的还是作者对家乡的那份情怀,作者深情地爱着这方土地。

洪印兄台生在九华山下,长期工作、生活在这灵山秀水中,钟情这方山水,才有作品中独特的自然景致和风土人情。

正是众多熊洪印们念兹在兹、浅吟低唱,才在文化上丰富了这方土地。

兄台在《诗韵九华》付梓前以诗稿示余且问序,序者或德高望重者或方家,余岂敢妄言?忝在知交好友,思之再三,因与工作有关,写了几句话,勉以应付,是为跋。

后记

我不慎跌进诗的殿堂，说来惭愧，早在九华山风景区刚对外开放的20世纪80年代，由于工作上的联系，我有缘结识了当时青阳老学究刘子荫先生，正是他的鼓励和教诲，使我对诗词创作产生了兴趣。然而，我欲写诗词却不得要领，他从"平平仄仄"开始引导且不时指教，使我循序渐进，我应呼其恩师。可是，对于在六七十年代读书的我，又适逢生儿育女忙于生计，爱好诗词创作难免耗时费功。好在爱人李金凤不离不弃，勤俭持家，以家庭的温暖给我以创作的信心。

我生在九华山山下，工作在九华山山上，对九华山一草一木、一泉一洞、一峰一岭、一寺一庵，钟情笃嘉。我曾在九华山基建规划科（现为九华山管委会建设处）工作一段时间。20世纪八九十年代九华山风景区百废待兴，规划建设是当时的头等大事，其调查勘察、搜集资料是必不可少的工作。由于工作的需要，我走遍了九华山山山水水，访遍了九华山寺庙尼庵。九华山改革开放后佛教的恢复、旅游服务基础设施建设的兴起，为我创作诗词提供了丰富的知识源泉。

《诗韵九华》记录了我生活在九华山的人生缩影。自古以来，九华山的灵秀和神奇，吸引了不计其数的墨客骚人的垂青、吟唱。《诗韵九华》是我在创作的千余首（副）作品中遴选而成的，在令人高山仰止的方家面前，我不敢班门弄斧。扪心自问，此书若能充当人们茶余饭后的佐料，我也感到莫大的欣慰。

我现已年逾花甲，回望三十多年来的创作过程，其中的酸甜苦辣，难以言表。人们都说写诗应有灵感和天赋，然而我感受的只是多读诗、多观察、多留意，多写、多问、多思考。我在梦中完成一首诗，是常有的事，对"梦中诗人"的说法深有体会。

值此《诗韵九华》出版之际，有幸得到了中华诗词学会原常务副会长李文朝将军题写书名，得到了池州市屈原学会创会会长钱征先生作序，得到了青阳县文联主席马光水先生，得到了青阳县原文联副主席袁春先生，得到了池州市杏花村诗社原副社长储满贵先生分别为《诗韵九华》品析，得到了九华山佛教文化研究会会长陈寿星先生作跋，得到了池州市杏花村诗社副社长柯其正先生润色。我不胜感激，一并表示衷心的感谢！

人生可谓花与蜜：无花无蜜，有花有蜜。何为花？何为蜜？花是花，蜜是蜜。花蜜相融，花荣蜜实。

熊洪印

癸卯春于九华山聚仙楼